LES AMES DU PURGATOIRE

CARMEN

*Ce volume comprend également un dossier de lectures à
l'usage des enseignants et des élèves de l'enseignement
secondaire.*

PROSPER MÉRIMÉE

LES AMES
DU   PURGATOIRE
CARMEN

*Introduction, chronologie, bibliographie,
notes et archives de l'œuvre*

par
Jean Decottignies
Professeur à l'Université de Lille III

GF
FLAMMARION

CHRONOLOGIE [1]

1. Cette chronologie, très sommaire, doit être complétée par celle que contient chacun des volumes de la *Correspondance générale* de Mérimée, éditée par M. Parturier (Paris, Le Divan, 1941-1947). — On a tenu ici à signaler, dans l'esprit de cette édition et de son introduction, ce qui a trait principalement aux relations de Mérimée avec l'Espagne, aux circonstances qui entourèrent la conception et la composition des deux nouvelles, enfin à sa situation officielle et aux distinctions dont il fut l'objet.

1803 : (28 septembre) : Naissance de Prosper Mérimée, fils de Léonor Mérimée, peintre, et d'Anne-Louise Moreau.

1825 : Mérimée fréquente le salon de Delécluze. Il connaît Stendhal (depuis 1822), Viollet-le-Duc, Delacroix, David d'Angers. Il se fait connaître par le *Théâtre de Clara Gazul*.

1826 : Voyage en Angleterre.

1827 : Publication de *La Guzla*.

1829-1830 : Relations amicales avec V. Hugo; le chef du Cénacle lui témoigne de l'estime et lui dédicacera un livre : « A Prosper Mérimée, notre maître à tous. »

1829 : *Chronique du temps de Charles IX*, chez Alexandre Mesnier.
Mateo Falcone (*Revue de Paris*, 3 mai).
Le Carrosse du Saint-Sacrement (*Revue de Paris*, 14 juin).
Vision de Charles XI (*Revue de Paris*, 26 juillet).
L'Enlèvement de la redoute (*La Revue française*, septembre).
Tamango (*Revue de Paris*, 4 octobre).
Federigo (*Revue de Paris*, 15 novembre).

1830 : *Le Vase Etrusque* (*Revue de Paris*, 14 février).
La Partie de Trictrac (*Revue de Paris*, 13 juin).
Voyage en Espagne (juin à décembre). Premières relations avec la famille de Montijo; on raconte à Mérimée l'histoire qui servira de point de départ à *Carmen*.

1831 : Première lettre de l'Inconnue (Jenny Dacquin).
Début de la publication, dans la *Revue de Paris*, des *Lettres d'Espagne* (1831-1833).
Mérimée est chevalier de la Légion d'honneur.
Il est attaché au comte d'Argout comme chef de cabinet (de 1831 à 1833, successivement au Commerce et à l'Intérieur).

1833 : Publication de *Mosaïque*.
Publication de *la Double Méprise*.

1834 : Mérimée est nommé inspecteur des Monuments historiques.
Juillet à décembre : Première tournée d'inspection, dans le Midi de la France ; Mérimée rencontre l'archéologue Requien.
Les Ames du Purgatoire (*Revue des Deux Mondes*, 15 août).

1835 : Voyage à Paris du comte et de la comtesse de Montijo (juillet).

1836 : Tirage à part des *Ames du Purgatoire*.
(27 septembre) : Mort de Léonor Mérimée.

1837 : *La Vénus d'Ille* (*Revue des Deux Mondes*, 15 mai.*)

1838 : Mérimée entreprend ses recherches sur César.
Lettre à Requien, du 25 octobre 1838 : « Je travaille en ce moment à quelque chose de plus sérieux (...) Je suis cuistre par profession et je commence à le devenir par goût (...) Je suis plongé depuis un an dans un tas de bouquins qui sont fort amusants (...) »

1839 : (15 mars) : Mort du comte de Montijo.

1840 : *Colomba* (*Revue des Deux Mondes*, 1ᵉʳ juillet).
(Juillet-octobre) : voyage en Espagne.
(1ᵉʳ septembre) : révolution à Madrid.

1841 : Voyage en Grèce et en Asie.
Impression, non destinée au public, du mémoire sur la guerre sociale (Bibliographie de la France, nº 2 298).

1842 : Mort d'Henri Beyle.

1843 : Voyage à Paris de la comtesse de Montijo et ses filles.

Mérimée entreprend d'écrire l'*Histoire de don Pèdre Ier*.

1844 : (27 janvier) : Mort de Ch. Nodier.

(14 mars) : Mérimée est élu à l'Académie française au siège de Ch. Nodier.

(15 mars) : *Arsène Guillot (Revue des Deux Mondes)*.
— La correspondance de Mérimée atteste l'indignation soulevée chez les « dévots » par la publication de cette nouvelle.

(Juin) : Article dans la *Revue archéologique* sur l'emplacement de l'ancienne Munda.

(21 août) : Lettre à Edouard Grasset : « J'ai étudié pendant quelques jours le jargon des bohémiens. »

1845 : (6 février) : Réception de Mérimée à l'Académie française.

(16 mai) : Lettre à la comtesse de Montijo annonçant *Carmen* : « Je viens de passer huit jours enfermé à écrire, non point les faits et gestes de feu D. Pedro, mais une histoire que vous m'avez racontée il y a quinze ans (...) »

(1er octobre) : *Carmen*, dans la *Revue des Deux Mondes*.

1846 : *L'Abbé Aubain* (*Le Constitutionnel*, 24 février).

1847 : Première livraison, dans la *Revue des Deux Mondes*, de l'*Histoire de Don Pèdre, roi de Castille* (1er décembre).

1848 : (25 février) : Proclamation de la République.

(10 décembre) : Le prince Louis-Napoléon est élu président de la République.

1850 : (13 mars) : Première représentation du *Carrosse du Saint-Sacrement*.

1851 : (2 décembre) : Coup d'État.

(20 décembre) : Plébiscite.

1852 : Mérimée est promu officier de la Légion d'honneur.

(Avril-mai) : Mérimée entreprend de défendre la réputation de Libri. Il est, de ce fait, condamné pour outrage à la magistrature.

(2 décembre) : Proclamation de l'Empire.

(15 décembre) : *Le Faux Démétrius*, scènes dramatiques *(Revue des Deux Mondes)*.

1853 : (23 juin) : Mérimée est nommé sénateur.

(Septembre à décembre) : Voyage en Espagne.

1858 : Mérimée entreprend la publication des *Œuvres complètes de Branthôme*.

1859 : Voyage à Paris d'Ivan Tourgueniev.

(Octobre à novembre) : Voyage de Mérimée à Madrid.

1860 : Mérimée est promu commandeur de la Légion d'honneur.

1864 : Voyage en Espagne.

1866 : Mérimée traduit *Apparitions*, d'Ivan Tourgueniev *(Revue des Deux Mondes*, 15 juin).

(14 août) : Mérimée est promu grand officier de la Légion d'honneur.

(Septembre) : Mérimée écrit pour l'impératrice Eugénie *La Chambre bleue*.

1868 : Articles sur Pouchkine *(Le Moniteur universel*, janvier).

Article sur Tourgueniev *(Le Moniteur universel*, mai).

Mérimée écrit *Lokis*.

(29 septembre) : Isabelle II est détrônée.

1869 : Publication des *Nouvelles moscovites* de Tourgueniev, traduites par Mérimée.

Le Manuscrit du professeur Wittembach (Lokis) *(Revue des Deux Mondes*, 15 septembre).

1870 : Mérimée écrit *Djoûmane*.

Etrange Histoire d'Ivan Tourgueniev, traduit par Mérimée *(Revue des Deux Mondes*, 1er mars).

(2 septembre) : Capitulation de Sedan.

(23 septembre) : Mort de Mérimée.

1873 : Publication de *Djoûmane* *(Moniteur universel*, 9, 10, 12 janvier).

1873 : *Dernières Nouvelles* de Mérimée, contenant la première publication d'*Il Viccolo di Madama Lucrezia*.

1875 : (3 mars) : Première représentation de l'opéra-comique de Bizet, livret de Meilhac et Halévy, tiré de *Carmen* de Mérimée.

INTRODUCTION

LES AMES DU PURGATOIRE
1834

« Boutonné jusqu'au menton (...) Personne ne sait ce qu'il pense » : Mérimée, a-t-on écrit, c'est le Saint-Clair du *Vase Etrusque*. Tenons-nous-le pour dit!

Gardons-nous donc, à propos des *Ames du Purgatoire*, d'invoquer soit ses remords, soit son esprit paradoxal, et de nous demander ce que devient, en l'occurrence, son légendaire scepticisme. Faut-il, par ailleurs, faire crédit à Mérimée lorsque — très fallacieusement — il attire notre attention sur ses scrupules de chroniqueur (« J'ai tâché de... Faute de meilleure méthode, je me suis appliqué à... »)? Ce n'est pas tant dans la geste de don Juan que cette fable recherche son insertion et postule sa spécificité, que dans un certain *genre*, fort peu *littéraire*, dont elle relève manifestement; et le héros, avec ce fonds « de méchanceté et de crimes » dont le gratifie l'histoire ou la légende, a sans doute moins d'importance que le spectacle de sa perversion, c'est-à-dire l'oubli des « sages principes qu'il avait apportés à l'université » et la perte de « toutes les heureuses qualités que la nature et son éducation lui avaient données ». Spectacle heureusement balancé par le miracle de sa conversion, laquelle n'est pas moins rigoureusement inscrite dans la logique de cette démonstration, puisqu'elle revalorise finalement ces « sages principes » : respect des prêtres, crainte du châtiment, dévotion — pécuniairement agissante — aux âmes du Purgatoire [1].

---

1. Il fit « bâtir une chapelle » et « dire un grand nombre de messes pour les âmes du purgatoire ».

Pareille économie, clairement attestée par le titre,
soutenue par un réseau serré de données événemen-
tielles et par une série de commentaires judicieusement
placés, ne relève ni du folklore, ni de la littérature. Pour
désigner ce type de récit, on peut reprendre le sous-
titre du poème *Albertus* de Th. Gautier : *légende théologique*. Dans ces fables, d'existence immémoriale,
c'est le propos édifiant qui gouverne le choix et la disposition des données narratives, et qui les investit dans
le système d'une démonstration morale. Tel est le
modèle qu'au premier chef il convient de reconnaître
dans *les Ames du Purgatoire*, si l'on veut en désigner le
projet. Ceci ne veut pas dire que Prosper Mérimée ait
sérieusement entrepris de prêcher ses lecteurs, en
contant les méfaits et la conversion de don Juan.
M. Pierre Castex a tout à fait raison de souligner l'importance des « pages fantastiques » de la fin [1] ; il n'est
pas douteux que ces pages constituent la raison d'être
de la nouvelle, plus exactement sa *visée* première. Mais
on conviendra que la narration, une fois en marche,
n'a pu éviter d'incorporer les *conditions* de ce discours
prédicant; d'autant que les théologiens ou démonologues, promoteurs et praticiens de ce discours, se sont,
depuis toujours, constitués dépositaires et exploitants
privilégiés de la matière dite « fantastique ». — Rappe-
lons d'ailleurs que ce « genre » n'est nullement tombé
en désuétude à l'époque de Mérimée. Je n'en citerai
qu'un exemple, d'ailleurs illustre : c'est de 1831 à 1834
que S. H. Berthoud publie ses *Chroniques et traditions
surnaturelles de la Flandre*, florilège d'histoires terri-
fiantes prônant ostensiblement le respect des prêtres,
des couvents, du mariage et, d'une manière générale,
de toutes les institutions religieuses et civiles [2].

1. Signalons, à cette occasion, l'étude de cette nouvelle dans
le Conte fantastique en France, Corti, 1951, pages 260-263.
M. P. Castex met en relief « l'organisation dramatique » du récit
fantastique.
2. La condition des défunts est précisément l'un des thèmes
de prédilection de ces livres : dans le premier livre, *le Trépassé,
la Dame aux froids baisers;* dans le second, *la Nuit de Noces.*
On y constate que la responsabilité des vivants à l'égard des
morts fournit un thème commode et efficace à la prédication.

Parler ici de « projet », ce n'est donc pas mettre en cause la décision privée de l'écrivain : c'est prendre acte de la *participation* inévitable de tout écrit aux intentions de la culture régnante et spécialement aux procédures institutionnalisées sous son égide dans les différents *genres*. Dire, comme Augustin Filon, que « son scepticisme s'est gardé d'intervenir dans la scène de la conversion »[1], c'est confondre l'économie du discours littéraire avec les modalités de la vie psychologique et de l'existence quotidienne. Si donc quelque intervention compromet la bonne marche de ce projet idéologique, on ne s'en prendra pas au scepticisme de Mérimée; on reconnaîtra plutôt la rebuffade spontanée de l'écriture qui, repoussant dans ses marges la requête de ce sens institué, de ce modèle qu'elle ne s'est pas donné, choisit de se refermer sur son propre jeu.

Or c'est justement ce refus et ce repli qu'actualise un certain mode d'énonciation caractéristique de cette nouvelle. Le modèle en est donné tout d'abord à l'occasion du portrait moral du comte don Carlos de Maraña. Ce grand pourfendeur de musulmans, écrit Mérimée, ramena de ses expéditions un grand nombre d'enfants infidèles, « qu'il prit soin de faire baptiser et qu'il vendit avantageusement dans des maisons chrétiennes ». Rapprochement impertinent, supplément de sens conféré au concept de religion : telle est la figure que généralise le discours narratif et descriptif dans *les Ames du Purgatoire*. C'est ainsi qu'à chaque instant l'énonciation, par une sorte de détour ou de retour sur soi-même, vient couper court à toute promotion de l'idée religieuse. L'idée du salut chez la dévote épouse du comte est associée avec insistance aux aumônes faites au clergé. Plus loin, le pardon que le père Tordoya accorde au meurtrier de don Cristoval trouve « un argument sans réplique » dans les « ducats » qu'il a reçus : « Vive la simonie! » s'écrie, à ce propos, don Garcia. Si la religion vient ainsi en aide au péché même, on comprend que le pécheur sache la tourner au

---

1. *Mérimée et ses amis*, Hachette, 1894, p. 95; cité par M. Parturier *in* Mérimée, *Romans et nouvelles*, Garnier, 1967, t. II, p. 7.

profit de ses entreprises. A Saragosse, aussi bien qu'à
Salamanque, c'est à l'église et sous couleur de se livrer
à leurs « dévotions » que les deux séducteurs vont « lorgner les beautés ». C'est aussi en utilisant adroitement
son chapelet qu'une religieuse réussit à glisser un billet
à son soupirant. Ainsi est mise en œuvre une régulation
propre à l'écriture : toutes ces disconvenances — qui
sont autant d'inconvenances — instituent entre le texte
et les valeurs religieuses qui y sont impliquées un rapport de profanation. Mais ce qui éclate, en ces occasions, n'est rien autre que le plaisir d'écrire : telle cette
plaisanterie faite à un mourant qui demande les secours
de la religion : « Voici mon livre d'heures, dit don Garcia, en lui présentant un flacon de vin. »

L'ultime perturbation de ce qu'on peut appeler le
sens institué intervient au dénouement, lorsqu'à la
conversion édifiante de don Juan est opposée l'impénitence finale de doña Teresa. Cette situation insolite —
voire parasite — vient démentir la logique édifiante
imposée par le projet. Tandis que l'économie de la
thèse édifiante reposait sur la confrontation du sentiment religieux avec un amour faux, l'irruption de
l'amour vrai et son triomphe dans une âme pieuse renversent la hiérarchie des valeurs et suggèrent une lecture transgressive. Le couple contradictoire que forment ainsi don Juan et doña Teresa constitue une figure
nouvelle — et décisive — de cette *distorsion* déjà repérée dans plusieurs données essentielles de la fable. Distorsion qui frappe d'inanité tous les signes porteurs de
la démonstration projetée.

C'est de façon plus subtile et en vertu d'une sorte de
contamination que sont pareillement atteints les *mots*
par lesquels le discours affecte de se mettre au diapason de la thèse, les termes chargés, page après page, de
corroborer la promotion des valeurs, d'enregistrer le
bien, de stigmatiser le mal. Chaque chose, en effet, est
appelée par son nom : pas un geste, pas une parole, pas
un comportement qui ne reçoive — substantif ou qualificatif — l'étiquette appropriée au code moral inspirateur du projet. Don Garcia ayant fait allusion aux
jambes d'une femme, on souligne « l'indécence de ce

langage »; on nomme « désordres » les tours perpétrés
par les étudiants; « mauvaise action » l'échange des
maîtresses entre les deux amis; ceux-ci sont appelés
« indignes libertins »; doña Teresa est possédée par une
« funeste passion », elle entretient avec don Juan une
« correspondance criminelle ». Ce relevé serait facile à
compléter; évoquons seulement, pour terminer, cette
« pluie de feu » que le narrateur semble appeler sur
Séville, pour « faire justice des désordres et des crimes »
qui s'y commettent à l'instigation de don Juan et de
son ami. Tous ces éléments constituent un étalage très
manifeste de conformisme moral. — Faut-il pour
autant juger recevable cette terminologie, dès lors que
le code auquel elle se réfère est, comme on l'a vu, cons-
tamment battu en brèche dans les données mêmes de
la narration? On reconnaît ici ces mots, dont parle
Leo Spitzer, qui « sonnent toujours dans notre bouche
comme des mots dont nous ne voulons pas, très souvent avec une intonation de persiflage, d'outrance, de
moquerie », mots qu'il appelle les « mots de *l'autre* ».
Mots *parodiques*, écrit, de son côté, le critique M. Bakhtine, commentant le langage de Dostoïevski [1]. Ce n'est
donc plus ici par la contiguïté qu'est instituée la *distorsion :* c'est la substance même du mot qui semble se
déchirer; plus exactement, c'est son énonciation qui
paraît se dédoubler. Mots à « deux voix », suggère
M. Bakhtine. Désignant, certes, leur *objet*, ils pointent
en même temps vers quelque locuteur étranger, qu'ils
installent, comme un double, aux côtés du narrateur
légitime.

Il est donc permis de voir dans *les Ames du Purgatoire* l'illustration d'un état déterminé de la pratique
littéraire, où, peu soucieuse de dérober sa condition
ambiguë, elle choisit de l'afficher, en s'appropriant tel
modèle particulièrement contraignant, pour le sou-
mettre à la contestation de l'écriture.

1. M. Bakhtine, *Problèmes de la poétique de Dostoïevski*, traduit par Guy Verret, édition l'Age d'homme, 1970, p. 226.

Cette première constatation nous permet peut-être
d'aborder enfin le problème que Mérimée propose lui-
même au lecteur en dissertant d'entrée de jeu sur la
structure et l'élaboration de son personnage. Le
conteur affronte ici les pièges et les conflits inhérents
à toute entreprise narrative.

La description de don Juan, dans *les Ames du Purgatoire*, est régie tout d'abord par la perspective hagiogra-
phique choisie par l'auteur. Conduit par son intention
pédagogique, un tel récit tend à traiter le personnage
en *figure*, sa description servant de support à l'al-
légorie. Dans cette vue, le protagoniste de la nouvelle
est maquillé successivement en *obsédé* et en *illuminé* [1];
ces deux situations incluant dans une démonstration
théologique et les déportements extraordinaires du
pécheur et les faveurs surnaturelles octroyées au
saint.

Cependant, ces impératifs sont contrecarrés par ceux
du discours romanesque, qui impose au personnage
une tout autre loi de constitution : il s'agit, pour lors,
d'assurer la cohérence du procès narratif, de procurer,
entre les actions et celui qu'elles intéressent, une adé-
quation conforme à l'image culturelle de la nature et
de l'activité humaines. Or la perturbation qui affecte
ici la nature humaine suffit à justifier d'une manière
cohérente les particularités de la narration : si don Juan
est gratifié de perceptions de caractère aberrant, c'est
parce que son psychisme est atteint d'une préoccupa-
tion morbide contractée dans son enfance et renou-
velée à plusieurs reprises par la contemplation du
tableau des Ames du Purgatoire [2]. Ce type d'arrange-

---

1. La distinction est classique chez les démonologues entre
l'action des « esprits de ténèbres » ou *obsession* et celle des
« esprits de lumière », dénommée *illumination* ou *inspiration*.
La légende de nombreux bienheureux fait ainsi la part des visi-
tations par les esprits du mal et par les esprits du bien.
2. Ce n'est donc pas sans motivation *narrative* que don Juan
« afin d'éviter les soupçons », retourne au château de son enfance
deux jours avant l'enlèvement projeté de doña Teresa : il s'y
trouvera opportunément en présence du fameux tableau.

ment, familier aux récits fantastiques, sacrifie aux exigences de l'esprit positiviste et sauvegarde la primauté traditionnellement accordée dans les formes narratives aux conditions caractérielles.

Ainsi voyons-nous interférer avec le don Juan miraculé un don Juan halluciné; avec une composition allégorique une composition romanesque. La *distorsion*, que nous avons vue instituée à divers niveaux du discours, affecte donc pareillement cette donnée essentielle de la narration : le statut du personnage.

On peut juger tout à fait exemplaire à cet égard la disconvenance entre le don Juan de la vision et le converti qui lui succède. De chacune des deux séquences ressort une figure globale qu'aucune *raison* ne lie à sa voisine. Avant la vision, don Juan est en proie à « une agitation indicible » et à des « terreurs » qui ne lui donnent d'ailleurs aucun repentir; face à l'incompréhensible phénomène, ses cheveux se hérissent, son sang se fige, il se sent défaillir et s'évanouit; demeuré sans mouvement, il n'est rappelé à lui que par une « abondante saignée ». Cette méticuleuse description psycho-pathologique favorise éminemment une lecture rationaliste et démythifiante. — Après la vision, en revanche, le héros est en pleine possession de lui-même; mais c'est pour incorporer dans ses moindres détails le comportement stéréotypé du converti : il se fait apporter un crucifix, réclame un confesseur, répartit sa fortune entre les pauvres et l'Eglise — sans oublier les âmes du Purgatoire; il exhorte ses amis et en convertit plusieurs, entre au couvent qu'il édifie par ses austérités, soigne les malades, ensevelit les victimes d'une épidémie; il meurt finalement « vénéré comme un saint ». Qui ne reconnaîtrait ici le canevas d'une de ces vies édifiantes que diffusait le clergé, soucieux de porter les fidèles à la vertu ?

Entre ces deux séries, qui ne peuvent s'emboîter, la lecture est inévitablement désorientée; le discours ainsi constitué ne peut produire cette représentation cohérente de l'homme, que la culture assigne comme objet à la littérature; du point de vue de la poétique narrative, on dira que le rapprochement de ces deux descriptions

rend excessivement précaires et les contenus de l'une
et de l'autre et la continuité du récit.

La même observation s'impose à qui tente d'appré-
hender le personnage de don Garcia. Donné au début
pour un enfant du diable, il mène ensuite l'existence
aventureuse, semée de dangers et de passions, de l'étudiant puis du soldat, et périt d'un coup d'arquebuse;
en attendant de revêtir la figure du damné. Ici encore,
entre les données emblématiques et les données psycho-
logiques, le partage est incertain.

Il faut évidemment qu'il en soit ainsi à tous les
niveaux; car la pratique de l'écrivain n'a d'autre fin
que d'instaurer cette situation que M. Bakhtine appelle
« dialogique ». Dans un tel écrit, les antinomies ne sont
pas des accidents du discours, mais sont le texte même
et n'admettent aucune solution, aucune réduction;
produites par les conditions dans lesquelles éclot le
discours, elles en constituent la substance. En ce qui
concerne *les Ames du Purgatoire*, ces conditions sont
clairement manifestées : l'entreprise du conteur est ici
déterminée par l'inadéquation du projet hagiogra-
phique à la mentalité d'un siècle positiviste. Il se trouve
que cette inadéquation est pleinement *assumée* par
l'écrivain; si sa pratique mine l'histoire qu'elle affecte
d'élaborer, si elle démoralise tout en feignant de mora-
liser, c'est qu'il n'a pas craint de l'installer dans cette
antinomie. Ce faisant, il revendique et met en œuvre
à sa façon le privilège de l'activité *poétique* — au sens
rigoureux du terme — qui est de s'inscrire en faux
contre le discours quotidien essentiellement voué à
la *communication* de messages, d'exhortations ou
d'émotions; discours dont l'œuvre subit inévitablement la contamination, mais dont elle récuse les
objectifs.

Nous ne pouvons — comment le ferait-on, s'agissant
d'un écrit de cette époque ? — ignorer le dessein formé
par l'auteur de raconter une histoire étrange et de solliciter ainsi l'affectivité du lecteur. Nous ne refuserons
donc pas d'entrer dans cette *convention*, et nous donne-
rons acte au conteur de tous les traits qui en soutiennent
dans son discours la problématique et fragile présence.

— Mais nous retiendrons particulièrement le caractère dénonciateur d'une écriture qui ne se consacre à exposer les idées reçues que pour en mieux étaler les disparates et les heurts [1].

---

1. Ceci dit et à l'issue du présent exposé, il convient de renvoyer le lecteur aux thèses contraires souvent soutenues par la critique, et dont plusieurs sont recensées à la fin de cette édition. On considérera notamment l'opinion de P. Trahard, qui porte au compte du *vraisemblable* romanesque (la cohérence des caractères) ce que nous attribuons ici au caractère dénonciateur de l'*écriture*.

On a beaucoup et excellemment écrit sur *Carmen;* aussi fera-t-on ici l'économie, non seulement des précisions historiques [1], mais aussi de tout ce qui intéresse le goût de Mérimée pour la violence, les grandes passions et les pays qui les abritent [2].

L'agencement des quatre parties de ce texte est à la fois logique et surprenant. I — Un archéologue traversant l'Andalousie rencontre un brigand, lui sauve la vie, le perd de vue; II — Le même témoin, passant à Cordoue, se fait mystifier par une bohémienne, qu'il trouve de connivence avec son brigand; il rencontrera celui-ci une dernière fois attendant en prison l'heure de son exécution capitale; III — Le brigand raconte à l'archéologue ses malheurs et ceux de la bohémienne; IV — Considérations sur les mœurs et la langue des bohémiens.

Reconnaissons que la troisième partie retient légitimement toute l'attention : un homme rempli de courage et de vertu avili par une femme; mais en même temps, le spectacle d'un amour intransigeant qui conduit à la mort les deux partenaires : c'est la matière d'un opéra! Pourquoi chercher plus loin ? Certes, on n'aura garde de le nier, c'est bien ce drame de la passion et de l'inconduite que Mérimée a *mis sur le marché.* La

1. On les trouvera toutes dans les travaux de M. Parturier (voir notre bibliographie); l'excellente édition Garnier des *Romans et Nouvelles* en présente l'essentiel (t. II, p. 339-344).
2. Sur ce point, on consultera les livres de P. Trahard et de R. Baschet (voir notre bibliographie).

quatrième partie n'a pas laissé d'inquiéter : « Cette
dissertation, dont les raisons échappent, écrit M. Parturier, a paru en général inopportune [1] »; le même com-
mentateur suggère que Mérimée se plaît ici à « affirmer
ses connaissances philologiques ». Mise à part cette
indiscrète dissertation, on conviendra que la présence
du narrateur est, dans ce récit, excessivement voyante :
d'une part, les deux cinquièmes du texte sont consacrés
à ses aventures ou à ses discours personnels; d'autre
part, une profusion d'éléments autorisent son accoin-
tance avec les héros du drame : avec le premier il partage ses cigares, puis son repas, avant de lui sauver
la vie; à l'autre il offre des glaces et par elle se fait
voler sa montre. En voilà assez pour qu'il ait droit à
recevoir la précieuse confidence promise au lecteur.
Rien de plus naturel que cette transition — inscrite
au bout d'une vingtaine de pages — : « C'est de sa
bouche que j'ai appris les tristes aventures qu'on va
lire. »

Tout ceci, dira-t-on, est conforme aux usages du
romanesque. L'itinéraire d'un archéologue croise les
allées et venues d'un brigand, le brigand va à la
potence, l'archéologue sera le garant de son histoire :
ainsi sont assurées à la fois la cohérence et la vraisem-
blance d'un récit. Est-ce cette disposition qui incitait
Sainte-Beuve à rapprocher la nouvelle de Mérimée de
l'histoire de Manon Lescaut [2] ? Ou plutôt reconnais-
sait-il ici, comme dans l'œuvre de l'abbé Prévost, une
leçon de morale réduite en apologue ? Usant d'un qualificatif dont il ne faut pas méconnaître l'ambiguïté sous
sa plume, Mérimée confiait à la comtesse de Montijo :
« Après *Arsène Guillot*, je n'ai rien trouvé de plus moral
à offrir à nos belles dames [3]. » Ironique ou sincère, cette
appréciation reflète le rapport de Mérimée à son temps :
combinant dans une fable l'amour, l'inconduite et la
mort, le romancier ne peut écrire que le regard fixé sur
les valeurs morales. Force nous est de considérer la

1. Edition Garnier, t. II, p. 342.
2. *Moniteur universel*, 7 février 1853.
3. Lettre du 16 mai 1845 (*Corr. gén*, édition Parturier, t. IV).

nouvelle de Mérimée dans cet éclairage cru et déformant de l'idéologie qui la reçoit et éventuellement l'annexe. Conformément au modèle attesté par Prévost et toujours en vigueur au milieu du XIXᵉ siècle, il convenait que l'histoire de Carmen et don José fût à la fois pathétique et instructive, et cautionnée de surcroît par le témoignage d'un honnête homme.

Négligeons donc pour l'instant cette pléthore du discours dans les marges de l'histoire; et reconnaissons tout d'abord que la nouvelle de Mérimée se conforme, par sa conception et son économie, à la légalité romanesque.

Ce dessein se reflète sans ambiguïté dans l'apologie des valeurs morales, à quoi est précisément consacrée la confession du brigand. Revoyant son passé, don José a conscience de s'être « perdu »; il se taxe de faiblesse, d'irréflexion; à l'approche du dénouement, c'est vers le prêtre, la prière, la religion qu'il se tourne, faisant dire une messe pour sa victime et comptant que la sainteté de l'ermite qui l'a célébrée suffira à sauver la malheureuse. Très suggestive est l'importance qu'il continue d'attacher à son existence antérieure : son passé de soldat est loin d'être une donnée quelconque. Au moment même où, déjà malfaiteur, il affronte le Borgne, son rival, il tient à se comporter en « franc Navarrais ». Mais sa principale référence est son « honneur de soldat »; et il faut observer comment cette valeur *précipite* dans l'énumération systématique des choses de la vie militaire : l'épinglette, la lance, le tambour, la retraite, l'appel, la consigne, le quartier... : autant de points d'attache de sa morale; autant d'entraves à son émancipation.

Rien n'a empêché, cependant, que don José devînt un « coquin ». Cet échec des valeurs s'inscrit parfaitement dans la convention romanesque; mais celle-ci prévoit un correctif à ce scandale : seule l'intrusion de quelque agent malfaisant est susceptible de corrompre l'être humain[1]. Si les valeurs se perdent, c'est donc

---

1. Le marquis de Sade adopte, sur ce point, une position tout à fait exceptionnelle et *scandaleuse* — dans la mesure où elle

parce qu'il y a — entre autres — le *diable* [1]. Aussi Carmen est-elle, dans cette histoire, l'homologue du don García des *Ames du Purgatoire*, sans qui don Juan n'eût pas perdu toutes ses « belles qualités ». Telle est la raison de la nationalité de l'héroïne : bohémienne, elle tient d'une nature inhumaine : « Œil de bohémien, œil de loup. » Elle est surtout « filleule de Satan »; et don José répète à satiété qu'elle est sorcière; elle-même lui dit péremptoirement : « Tu as rencontré le diable ».

De sorte que la fable ne fait qu'actualiser un conflit entre ce parti du diable et les valeurs morales : en cela, la nouvelle est très conforme au code romanesque en vigueur. L'essentiel du discours narratif tient donc dans les signes de ce conflit, qui sont multiples. L'existence et l'affrontement de deux partis constitue un motif abondamment ressassé et varié dans ses figures : l'hostilité entre le brigand et le guide, la rixe qui oppose la gitane à l'espagnole, le paquet de bas de coton mis en balance avec le corps du camarade blessé au combat; il y a surtout les incessantes joutes verbales qui opposent les deux partenaires et ces reprises railleuses dans les répliques de Carmen des propres paroles de don José. Ainsi répète-t-elle, « en riant » : « Ton épinglette! »; plus loin, « d'un air de mépris » : « Au quartier ? »; ailleurs : « La consigne! La consigne! »; enfin : « Ta garde navarraise n'est qu'une bêtise. » Objet privilégié de ce conflit, la lime, offerte par Carmen pour permettre l'évasion du prisonnier, reçue par don José pour « affiler » sa lance. — Ce conflit est explicitement donné pour irréductible : « Chien et loup ne font pas longtemps bon ménage », constate Carmen. Cependant, cette incompatibilité dont l'héroïne prend son

est spécifiquement anti-culturelle — lorsqu'il écrit, à propos du roman : « c'est la nature qu'il faut saisir, quand on travaille ce genre », entendant qu'il appartient au romancier de « rendre les modifications du vice », la vertu n'étant « qu'un des modes de ce cœur étonnant » qu'est le cœur de l'homme (*Idée sur le roman*, édition O. Uzanne, Paris, 1878, p. 27).

1. Et aussi la maladie, ou un accident de conception : voyez *Lokis*.

parti, son partenaire refuse de l'admettre : sous cette nouvelle face, le conflit se mue en fatalité, la fable tourne au drame. Devineresse en même temps que sorcière, Carmen déchiffre le destin, que par ailleurs elle fabrique. Et ce statut, qui met de son côté tous les ressorts de l'action, tandis que son partenaire ajoute l'aveuglement à la faiblesse, constitue dans la perspective idéologique la donnée cruciale, par laquelle est prise en charge et menée à bien l'argumentation morale. La mort qui dénoue le drame achève cette argumentation en revêtant l'apparence d'un châtiment; plus précisément — et Carmen ne s'y trompe pas — d'un châtiment social : la pendaison.

Ainsi les principaux éléments du récit de Mérimée peuvent bien, en raison d'un certain pittoresque, paraître originaux, ils n'en sont pas moins requis et strictement contrôlés par le discours culturel. Ni le geste réputé monstrueux de don José, ni le caractère exceptionnel de sa déchéance, ni l'étrangeté de la personnalité de Carmen n'ont pu soustraire ce récit à l'emprise idéologique qui se condense dans ce résumé que le brigand donne de son aventure : « On devient coquin sans y penser. Une jolie fille vous fait perdre la tête, on se bat pour elle, un malheur arrive, il faut vivre à la montagne, et de contrebandier on devient voleur avant d'avoir réfléchi. » Formule suggestive, qui souligne avec force l'irresponsabilité du pécheur, investissant par ailleurs dans le thème misogyne traditionnel le dogme de la tentation. « Une femme est un diable », écrivait Mérimée ironiquement — en 1827! — : il semble bien que le discours de don José répercute très docilement les paroles d'un vieux moraliste : « Le Démon n'a point de voie plus sûre pour perdre les hommes, que de les livrer aux femmes [1].» De sorte que les causes de la perversion étant rejetées aussi loin que

---

1. *Le Commerce dangereux entre les deux sexes. Traité Moral et Historique; dans lequel on fait voir que les visites et les conversations fréquentes, en un mot qu'un commerce assidu entre les personnes de différent Sexe, les exposent à de très grands dangers par rapport à leur salut*, Bruxelles, 1715.

possible, l'image culturelle de la nature humaine ressort
intacte de l'aventure.

Il se trouve que dans cette entreprise d'édification le
narrateur est lui aussi impliqué. Loin de s'effacer pendant la confession de don José, il est sans cesse remis
en cause et ramené sous les yeux du lecteur par ces
« monsieur », dont le locuteur ponctue et, en apparence,
interrompt son récit. Or c'est bien à un arbitre de
moralité que s'adressent la plupart de ces appels.
Comme s'il était là d'abord pour enregistrer soit la
faiblesse du misérable : « Le croiriez-vous, monsieur,
ses bas de soie troués qu'elle me faisait voir (...) »,
ou encore : « Vous le dirai-je, monsieur ? elle me détermina sans beaucoup de peine »; soit la profondeur de
sa déchéance : « Voilà, monsieur, la belle vie que j'ai
menée »; soit les limites de sa responsabilité : « Monsieur, on devient coquin sans y penser. » La fonction
qui lui est ainsi dévolue est celle de l'instance culturelle
à qui est implicitement dédiée cette confession. Aussi
sa personne est-elle, en dépit de la promiscuité qu'on
a pu relever, rigoureusement distinguée de ce monde
qu'il côtoie. Avant qu'ils se rendent ensemble à la
venta del Cuervo, le brigand lui fait observer : « Mauvais gîte pour une personne comme vous, monsieur »;
il note aussi que « les honnêtes gens s'ébahissaient » de
le voir attablé en compagnie d'une bohémienne; il
obtiendra, en revanche, toute la considération des
dominicains, et mériterait sans doute celle du corrégidor, s'il consentait à lui rendre visite : mais ceci est
une autre histoire, sur quoi nous reviendrons peut-être.
La dignité qui lui est ainsi reconnue signifie pour nous
que l'idéologie délègue dans l'espace de la fiction cette
figure de l'écrivain, qui requiert tout romancier et dont
chacun prend acte à sa façon. Figure dont l'ascendant
est tel que nul ne peut être lu comme parlant strictement
en son propre nom.

Que la pratique de l'écrivain procure, de toutes les
façons, l'inscription du discours culturel semble donc
assez évident pour que le lecteur mette en question la
singularité du livre qui lui est offert dans ces conditions.
S'il est possible de déchiffrer dans les signes qui le

portent ce pauvre message, dont nous avons pris note, il est permis de n'y pas trouver la *vérité* de l'œuvre, et d'examiner, en contrepartie la façon particulière dont cet écrit *passe outre*.

Il était tout à fait normal qu'en portant à la scène — en *popularisant* — la nouvelle de Mérimée, on s'avisât d'un certain caractère transgressif, qui flatte fort bien, au premier abord, les velléités d'insurrection qu'abrite plus ou moins toute structure sociale. C'est un fait que le discours moral de la culture est dans ce livre battu en brèche par un corps de valeurs spécifiques, relevant d'une morale en quelque sorte marginale. Les tenants du parti du diable ne manquent pas, en effet, de s'incriminer mutuellement, au nom de principes non moins rigoureux que ceux de la société. Don José juge sévèrement son congénère José Maria : il existe donc une morale des brigands, qui, sans se confondre avec elle, évoque la fameuse « loi d'Egypte » prônée par Carmen. Dans ce système brille une valeur éminente : l'amour. La réprobation encourue par José Maria tient à sa conduite indigne à l'égard d'une femme dont il est aimé ; l'amour, en revanche, règle seul les faits et gestes de don José, mais il est, pour lui, fatalement lié à la rébellion contre la société : tel est l'argument transgressif dont se satisfait cette lecture à l'usage du public de l'Opéra-Comique. Cependant, quand don José refuse de supprimer par traîtrise son rival Garcia, Carmen lui lance : « Tu ne m'aimes pas. » Ainsi la transcendance de l'amour s'affirme dans une rébellion indéfinie, dont l'image, presque caricaturale, sera la revendication de Carmen pour une liberté absolue : c'est alors que l'amour est pris au piège et s'abîme dans la mort ; laquelle, châtiment social dans une autre perspective, est ici requise comme apothéose de la passion. Telle est la part du *romantisme*, qu'on se plaît à trouver dans la nouvelle de Mérimée. Mais il est clair qu'en faisant de cet amour une *valeur*, la tradition ne fait que le récupérer au profit de la culture. Transgression fallacieuse, qui inscrit l'œuvre de Mérimée dans le registre culturel des poèmes d'*amour et de mort*, où la passion n'est liée à la perte de la vie que pour s'idéaliser dans la survie.

Carmen histoire morale, *Carmen* roman de la passion : il est manifeste que ces deux structures se croisent et se compénètrent, et dans une certaine mesure se pervertissent. Mais dans cette plurivocité du discours, la pratique littéraire ne dit pas *son dernier mot*.

Revenons donc à ce narrateur, dont le statut nous a déjà suggéré diverses réflexions. L'insertion du récit dans le discours d'un témoin idéal est une procédure assez familière à Mérimée : n'est-ce pas dans la mesure où elle offre à l'écrivain un moyen de véritablement *passer outre;* un moyen peut-être plus convenable et à sa situation sociologique et à son tempérament propre ? Instrument du discours culturel, ce narrateur n'en a pas moins sa façon particulière de l'assumer, et celle-ci est, en l'occurrence, indexée par une série d'indices extérieurs à l'événement.

On trouvera tout d'abord que ce juge, cet arbitre de moralité est fort peu engagé, fort peu disposé à prendre parti. S'il n'hésite pas à distinguer le légal de l'illégal, il est beaucoup moins catégorique à propos du bien et du mal. Tout en reconnaissant que son guide soutient « la cause des lois », il demeure troublé par un « instinct de conscience qui résiste à tous les raisonnements ». Non content de manifester son abstention, il va jusqu'à entraver le fonctionnement de la justice : non seulement il refuse de réclamer sa montre volée, mais il ne veut pas « témoigner en justice pour faire pendre un pauvre diable », et tente de s'opposer à la dénonciation d'un malfaiteur. Aussi défend-il fort mal le système moral dont il est l'interprète privilégié, et qui, si manifestement inscrit dans le récit de don José, s'estompe et se dénoue dans la perspective d'ensemble de la nouvelle. — Est-ce à dire que son discours se laisse contaminer et gauchir par les valeurs transgressives, diaboliques — ou *romantiques ?* Il faut bien convenir que cet

autre système n'est pas, dans ce discours, mieux favo-
risé que le précédent.

C'est dans cette perspective que la profession d'archéologue trouve sa véritable raison d'être. Outre que
l'intérêt d'une enquête qui « tient toute l'Europe
savante en suspens » amenuise singulièrement l'importance de cette « petite histoire », la qualité d'homme
de science — ethnologue, en l'occurrence — autorisera
l'alibi de la quatrième partie. Ainsi enchâssée dans un
discours scientifique, et tout particulièrement récupérée
par la dissertation sur les bohémiens, l'aventure de
Carmen et don José s'habille en témoignage sociologique. Ce n'est sûrement pas par inadvertance que les
particularités raciales signalées dans cette quatrième
partie recoupent et répètent parfois si exactement les
observations vécues de la confession de don José.
L'intérêt du drame s'amenuise d'ailleurs suffisamment
au fil des dernières pages, pour que surgisse le plus
désinvolte des alibis : « En voilà bien assez pour donner
aux lecteurs de *Carmen* une idée avantageuse de mes
études sur le Rommani. » Et c'est un proverbe gitan
qui « vient à propos » pour favoriser l'ultime dérobade :
« En close bouche, n'entre point mouche »; par quoi le
narrateur-écrivain notifie sa démission. Culturelles ou
transgressives, les valeurs mises en cause dans ce livre
n'auront pas en lui un avocat.

Pour faire bonne mesure, un autre proverbe —
pédant, celui-ci — équilibre, en exergue, celui de la fin.
Ces deux vers grecs cinglent par avance les éventuelles
rêveries d'un lecteur romantique — éliminant l'amour
au profit du *lit*, interdisant toute idéalisation de la
passion, comme de la mort, voire de la femme... de
toute femme.

Or cette *distance* prise par l'écrivain à l'égard de lui-
même et des idées reçues par lui en tant qu'homme est
signalée, d'une manière assez évidente, dans les deux
nouvelles que nous considérons, par le choix de la terre
espagnole comme théâtre des événements. Je sais bien
que, dans les deux cas, le conteur est déterminé par

l'origine de son *référent;* mais cette motivation paraîtra contingente, si l'on considère l'image de l'Espagne dans *les Ames du Purgatoire* et dans *Carmen.* Que cette terre soit peuplée de ses amis, qu'il y ait séjourné souvent avec plaisir, que son destin politique puisse susciter chez lui des préoccupations, qu'il prétende même n'en dire jamais aucun mal [1] : raisons de plus pour que transparaisse, dans la pratique de l'écrivain, la confuse propension à brûler ce qu'il adore. Avec son corrégidor [2] et ses moines, gardiens d'une vertu, au demeurant, fort peu défendable, l'Espagne a pour fonction de prôner, d'abriter et finalement de cristalliser en elle ces *valeurs,* dont l'archéologue, historien tour à tour du vénérable don Juan et de Jules César, s'institue le très équivoque et contestable défenseur.

Jean DECOTTIGNIES.

1. C'est M. Parturier qui le rappelle : « J'ai la politique de ne jamais dire du mal d'un pays où je dois revenir. Voilà pourquoi on m'aime tant en Espagne »; éd. citée, p. 340.

2. Ennemi des brigands et des contrebandiers, le corrégidor est donné aussi, très explicitement, pour la bête noire des étudiants. On observera qu'après le dernier meurtre commis par don Juan, c'est lui qui s'entend avec le supérieur du couvent pour étouffer l'affaire.

L'ambiguïté de l'hispagnolisme de Mérimée s'accuserait sans doute, si l'on considérait l'ensemble des textes où il entre en œuvre; ceci depuis le *Théâtre de Clara Gazul* (1825).

BIBLIOGRAPHIE

I. — Ouvrages fondamentaux.

Bibliographie des œuvres de Prosper Mérimée, par Pierre Trahard et Pierre Josserand, Paris, Champion, 1929.

Correspondance générale de Prosper Mérimée, établie et annotée par Maurice Parturier, Paris, Le Divan, 1941-1947; Toulouse, E. Privat, 1953-1964, 17 volumes.

BASCHET (Robert). *Du Romantisme au second Empire. Mérimée (1803-1870)*. Paris, Nouvelles éditions latines, 1958.

BILLY (André). *Mérimée*, Paris, Flammarion, 1959.

FILON (Augustin). *Mérimée et ses amis*, Paris, Hachette, 1894; nouvelle édition, 1909.

TRAHARD (Pierre). *La Jeunesse de Prosper Mérimée*, Paris, Champion, 1925, deux volumes.
Prosper Mérimée de 1834 à 1853, Champion, 1928.
La Vieillesse de Prosper Mérimée, Champion, 1930.

II. — Editions des *Ames du Purgatoire*.

Le Dodecaton, ou le Livre des Douze, Paris, Magen, 1837.

Soirées du faubourg Saint-Germain, Paris, Lacoste, 1842.

Colomba, par Prosper Mérimée, Paris, Magen et Comon, 1841. — Recueil contenant en outre *la Vénus d'Ille*.

III. — Editions de *Carmen*.

Carmen, par Prosper Mérimée, Paris, Michel Lévy,
   1846. — Le recueil contient également *Arsène Guillot*
   et *l'Abbé Aubain*.
Nouvelles de Prosper Mérimée, de l'Académie française, Paris, Michel Lévy, 1852. Contenant *Carmen*,
   Arsène Guillot, *l'Abbé Aubain*, *la Dame de Pique*,
   les Bohémiens, *le Hussard*, *Nicolas Gogol*. — Plusieurs rééditions.
Carmen, *Arsène Guillot*, *l'Abbé Aubain*, texte établi et
   présenté par Maurice Parturier. Editions Fernand
   Roches, Paris, 1930.
Les deux nouvelles se trouvent dans l'édition Garnier
   des *Romans et Nouvelles* de Mérimée, avec Introduction, chronologie, bibliographie, notices, choix
   de variantes et notes, par M. Parturier (1967).

LES AMES DU PURGATOIRE
1834

Cicéron dit quelque part, c'est, je crois, dans son traité *De la nature des dieux,* qu'il y a eu plusieurs Jupiters, — un Jupiter en Crète, — un autre à Olympie, — un autre ailleurs; — si bien qu'il n'y a pas une ville de Grèce un peu célèbre qui n'ait eu son Jupiter à elle. De tous ces Jupiters on en a fait un seul à qui l'on a attribué toutes les aventures de chacun de ses homonymes. C'est ce qui explique la prodigieuse quantité de bonnes fortunes qu'on prête à ce dieu.

La même confusion est arrivée à l'égard de don Juan, personnage qui approche de bien près de la célébrité de Jupiter. Séville seule a possédé plusieurs don Juans; mainte autre ville cite le sien. Chacun avait autrefois sa légende séparée. Avec le temps, toutes se sont fondues en une seule.

Pourtant, en y regardant de près, il est facile de faire la part de chacun, ou du moins de distinguer deux de ces héros, savoir : don Juan Tenorio, qui, comme chacun sait, a été emporté par une statue de pierre; et don Juan de Maraña, dont la fin a été toute différente.

On conte de la même manière la vie de l'un et de l'autre : le dénouement seul les distingue. Il y en a pour tous les goûts, comme dans les pièces de Ducis [1], qui finissent bien ou mal, suivant la sensibilité des lecteurs.

Quant à la vérité de cette histoire ou de ces deux histoires, elle est incontestable, et on offenserait grandement le patriotisme provincial des Sévillans si l'on révoquait en doute l'existence de ces garnements qui ont rendu suspecte la généalogie de leurs plus nobles familles. On montre aux étrangers la maison de don Juan Tenorio, et tout homme, ami des arts, n'a pu passer à Séville sans visiter l'église de la Charité. Il y aura vu le tombeau du chevalier de Maraña avec cette inscription dictée par son humilité, ou si l'on veut par son orgueil : *Aquí yace el peor hombre que fué en el mundo* [2]. Le moyen de douter après cela ? Il est vrai qu'après vous avoir conduit à ces deux monuments, votre cicerone vous racontera encore comment don Juan (on ne sait lequel) fit des propositions étranges à la Giralda, cette figure de bronze qui surmonte la tour moresque de la cathédrale, et comment la Giralda les accepta; — comment don Juan, se promenant, chaud de vin, sur la rive gauche du Guadalquivir, demanda du feu à un homme qui passait sur la rive droite en fumant un cigare, et comment le bras du fumeur (qui n'était autre que le diable en personne) s'allongea tant et tant qu'il traversa le fleuve et vint présenter son cigare à don Juan, lequel alluma le sien sans sourciller et sans profiter de l'avertissement, tant il était endurci...

J'ai tâché de faire à chaque don Juan la part qui lui revient dans leur fonds commun de méchancetés et de crimes. Faute de meilleure méthode, je me suis appliqué à ne conter de don Juan de Maraña, mon héros, que des aventures qui n'appartinssent pas par droit de prescription à don Juan de Tenorio, si connu parmi nous par les chefs-d'œuvre de Molière et de Mozart.

Le comte don Carlos de Maraña était l'un des seigneurs les plus riches et les plus considérés qu'il y eût à Séville. Sa naissance était illustre, et, dans la guerre contre les Morisques [3] révoltés, il avait prouvé qu'il n'avait pas dégénéré du courage de ses aïeux. Après la soumission des Alpuxarres [4], il revint à Séville avec une balafre sur le front et un grand nombre d'enfants pris sur les infidèles, qu'il prit soin de faire baptiser et qu'il vendit avantageusement dans des maisons chrétiennes. Ses blessures, qui ne le défiguraient point, ne l'empêchèrent pas de plaire à une demoiselle de bonne maison, qui lui donna la préférence sur un grand nombre de prétendants à sa main. De ce mariage naquirent d'abord plusieurs filles, dont les unes se marièrent par la suite, et les autres entrèrent en religion. Don Carlos de Maraña se désespérait de n'avoir pas d'héritier de son nom, lorsque la naissance d'un fils vint le combler de joie et lui fit espérer que son antique majorat ne passerait pas à une ligne collatérale.

Don Juan, ce fils tant désiré, et le héros de cette véridique histoire, fut gâté par son père et par sa mère, comme devait l'être l'unique héritier d'un grand nom et d'une grande fortune. Tout enfant, il était maître à peu près absolu de ses actions, et dans le palais de son père personne n'aurait eu la hardiesse de le contrarier. Seulement, sa mère voulait qu'il fût dévot comme elle, son père voulait que son fils fût brave comme lui. Celle-ci, à force de caresses et de friandises, obligeait l'enfant à apprendre les litanies, les rosaires, enfin toutes les prières obligatoires et non obligatoires. Elle l'endormait en lui lisant la légende. D'un autre côté, le père apprenait à son fils les romances du Cid et de Bernard del Carpio [5], lui contait la révolte des Morisques, et l'encourageait à s'exercer toute la journée à lancer le javelot, à tirer de l'arbalète ou même de l'arquebuse contre un mannequin vêtu en Maure qu'il avait fait fabriquer au bout de son jardin.

Il y avait dans l'oratoire de la comtesse de Maraña un tableau dans le style dur et sec de Moralès [6], qui représentait les tourments du purgatoire. Tous les genres de supplices dont le peintre avait pu s'aviser s'y trouvaient représentés avec tant d'exactitude, que le tortionnaire de l'Inquisition n'y aurait rien trouvé à reprendre. Les âmes en purgatoire étaient dans une espèce de grande caverne au haut de laquelle on voyait un soupirail. Placé sur le bord de cette ouverture, un ange tendait la main à une âme qui sortait du séjour de douleurs, tandis qu'à côté de lui un homme âgé, tenant un chapelet dans ses mains jointes, paraissait prier avec beaucoup de ferveur. Cet homme, c'était le donataire du tableau, qui l'avait fait faire pour une église de Huesca [7]. Dans leur révolte, lès Morisques mirent le feu à la ville; l'église fut détruite; mais, par miracle, le tableau fut conservé. Le comte de Maraña l'avait rapporté et en avait décoré l'oratoire de sa femme. D'ordinaire, le petit Juan, toutes les fois qu'il entrait chez sa mère, demeurait longtemps immobile en contemplation devant ce tableau, qui l'effrayait et le captivait à la fois. Surtout il ne pouvait détacher ses yeux d'un homme dont un serpent paraissait ronger les entrailles pendant qu'il était suspendu au-dessus d'un brasier ardent au moyen d'hameçons de fer qui l'accrochaient par les côtes. Tournant les yeux avec anxiété du côté du soupirail, le patient semblait demander au donataire des prières qui l'arrachassent à tant de souffrances. La comtesse ne manquait jamais d'expliquer à son fils que ce malheureux subissait ce supplice parce qu'il n'avait pas bien su son catéchisme, parce qu'il s'était moqué d'un prêtre, ou qu'il avait été distrait à l'église. L'âme qui s'envolait vers le paradis, c'était l'âme d'un parent de la famille de Maraña, qui avait sans doute quelques peccadilles à se reprocher; mais le comte de Maraña avait prié pour lui, il avait beaucoup donné au clergé pour le racheter du feu et des tourments, et il avait eu la satisfaction d'envoyer au paradis l'âme de son parent sans lui laisser le temps de beaucoup s'ennuyer en purgatoire. « Pourtant, Juanito, ajoutait la comtesse, je souffrirai peut-être un jour comme cela, et je resterais des millions d'années en purgatoire si tu ne pensais pas à faire dire des messes pour m'en tirer! comme il serait mal de laisser dans la peine la mère qui t'a nourri! » Alors l'enfant pleurait; et s'il avait quelques réaux dans sa poche, il s'empressait de les donner au premier quêteur qu'il rencontrait porteur d'une tirelire pour les âmes du purgatoire.

S'il entrait dans le cabinet de son père, il voyait des cuirasses faussées par des balles d'arquebuse, un casque que le comte de Maraña portait à l'assaut d'Almeria [8], et qui gardait l'empreinte du tranchant d'une hache musulmane; des lances, des sabres mauresques, des étendards pris sur les infidèles décoraient cet appartement.

« Ce cimeterre, disait le comte, je l'ai enlevé au cadi de Vejer, qui m'en frappa trois fois avant que je lui ôtasse la vie. — Cet étendard était porté par les rebelles de la montagne d'Elvire. Ils venaient de saccager un village chrétien; j'accourus avec vingt cavaliers. Quatre fois j'essayai de pénétrer au milieu de leur bataillon pour enlever cet étendard; quatre fois je fus repoussé. A la cinquième, je fis le signe de la croix; je criai : « Saint Jacques! » et j'enfonçai les rangs de ces païens. — Et vois-tu ce calice d'or que je porte dans mes armes ? Un alfaqui [9] des Morisques l'avait volé dans une église, où il avait commis mille horreurs. Ses chevaux avaient mangé de l'orge sur l'autel, et ses soldats avaient dispersé les ossements des saints. L'alfaqui se servait de ce calice pour boire du sorbet à la neige. Je le surpris dans sa tente comme il portait à ses lèvres le vase sacré. Avant qu'il eût dit : « Allah! » pendant que le breuvage était encore dans sa gorge, de cette bonne épée je frappai la tête rasée de ce chien, et la lame y entra jusqu'aux dents. Pour rappeler cette sainte vengeance, le roi m'a permis de porter un calice d'or dans mes armes. Je te dis cela, Juanito, pour que tu le racontes à tes enfants et qu'ils sachent pourquoi tes armes ne sont pas exactement celles de ton grand-père, don Diego, que tu vois peintes au-dessous de son portrait. »

Partagé entre la guerre et la dévotion, l'enfant passait ses journées à fabriquer de petites croix avec des lattes, ou bien, armé d'un sabre de bois, à s'escrimer dans le potager contre des citrouilles de Rota, dont la forme ressemblait beaucoup, suivant lui, à des têtes de Maures couvertes de leurs turbans.

A dix-huit ans, don Juan expliquait assez mal le latin, servait fort bien la messe, et maniait la rapière, ou l'épée à deux mains, mieux que ne faisait le Cid. Son père, jugeant qu'un gentilhomme de la maison de Maraña devait encore acquérir d'autres talents, résolut de l'envoyer à Salamanque. Les apprêts du voyage furent bientôt faits. Sa mère lui donna force chapelets, scapulaires et médailles bénites. Elle lui apprit aussi plusieurs oraisons d'un grand secours dans une foule

de circonstances de la vie. Don Carlos lui donna une
épée dont la poignée, damasquinée d'argent, était
ornée des armes de sa famille; il lui dit : « Jusqu'à
présent tu n'as vécu qu'avec des enfants; tu vas maintenant vivre avec des hommes. Souviens-toi que le
bien le plus précieux d'un gentilhomme, c'est son
honneur; et ton honneur, c'est celui des Maraña.
Périsse le dernier rejeton de notre maison plutôt qu'une
tache soit faite à son honneur! Prends cette épée; elle
te défendra si l'on t'attaque. Ne sois jamais le premier
à la tirer; mais rappelle-toi que tes ancêtres n'ont
jamais remis la leur dans le fourreau que lorsqu'ils
étaient vainqueurs et vengés. » Ainsi muni d'armes
spirituelles et temporelles, le descendant des Maraña
monta à cheval et quitta la demeure de ses pères.

L'université de Salamanque était alors dans toute sa
gloire. Ses étudiants n'avaient jamais été plus nombreux, ses professeurs plus doctes; mais aussi jamais
les bourgeois n'avaient eu tant à souffrir des insolences
de la jeunesse indisciplinée qui demeurait, ou plutôt
régnait dans leur ville. Les sérénades, les charivaris,
toute espèce de tapage nocturne, tel était leur train
de vie ordinaire, dont la monotonie était de temps en
temps diversifiée par des enlèvements de femmes ou
de filles, par des vols ou des bastonnades. Don Juan,
arrivé à Salamanque, passa quelques jours à remettre
des lettres de recommandation aux amis de son père,
à visiter ses professeurs, à parcourir les églises, et à se
faire montrer les reliques qu'elles renfermaient. D'après
la volonté de son père, il remit à un des professeurs
une somme assez considérable pour être distribuée
entre les étudiants pauvres. Cette libéralité eut le plus
grand succès, et lui valut aussitôt de nombreux amis.

Don Juan avait un grand désir d'apprendre. Il se
proposait bien d'écouter comme paroles d'Evangile
tout ce qui sortirait de la bouche de ses professeurs;
et pour n'en rien perdre, il voulut se placer aussi près
que possible de la chaire. Lorsqu'il entra dans la salle
où devait se faire la leçon, il vit qu'une place était
vide aussi près du professeur qu'il eût pu le désirer.
Il s'y assit. Un étudiant sale, mal peigné, vêtu de hail-

lons, comme il y en a tant dans les universités, détourna un instant les yeux de son livre pour les porter sur don Juan avec un air d'étonnement stupide. « Vous vous mettez à cette place, dit-il d'un ton presque effrayé ; ignorez-vous que c'est là que s'assied d'ordinaire don Garcia Navarro ? »

Don Juan répondit qu'il avait toujours entendu dire que les places appartenaient au premier occupant, et que, trouvant celle-là vide, il croyait pouvoir la prendre, surtout si le seigneur don Garcia n'avait pas chargé son voisin de la lui garder.

« Vous êtes étranger ici, à ce que je vois, dit l'étudiant, et arrivé depuis bien peu de temps, puisque vous ne connaissez pas don Garcia. Sachez donc que c'est un des hommes les plus... » Ici l'étudiant baissa la voix et parut éprouver la crainte d'être entendu des autres étudiants. « Don Garcia est un homme terrible. Malheur à qui l'offense ! Il a la patience courte et l'épée longue ; et soyez sûr que, si quelqu'un s'assied à une place où don Garcia s'est assis deux fois, c'en est assez pour qu'une querelle s'ensuive, car il est fort chatouilleux et susceptible. Quand il querelle, il frappe, et quand il frappe, il tue. Or donc je vous ai averti ; vous ferez ce qui vous semblera bon. »

Don Juan trouvait fort extraordinaire que ce don Garcia prétendît se réserver les meilleures places sans se donner la peine de les mériter par son exactitude. En même temps il voyait que plusieurs étudiants avaient les yeux fixés sur lui, et il sentait combien il serait mortifiant de quitter cette place après s'y être assis. D'un autre côté, il ne se souciait nullement d'avoir une querelle dès son arrivée, et surtout avec un homme aussi dangereux que paraissait l'être don Garcia. Il était dans cette perplexité, ne sachant à quoi se déterminer et restant toujours machinalement à la même place, lorsqu'un étudiant entra et s'avança droit vers lui. « Voici don Garcia », lui dit son voisin.

Ce Garcia était un jeune homme large d'épaules, bien découplé, le teint hâlé, l'œil fier et la bouche méprisante. Il avait un pourpoint râpé, qui avait pu être noir, et un manteau troué ; par-dessus tout cela pendait une longue chaîne d'or. On sait que de tout temps les étudiants de Salamanque et des autres universités d'Espagne ont mis une espèce de point d'honneur à paraître déguenillés, voulant probablement montrer par là que le véritable mérite sait se passer des ornements empruntés à la fortune.

Don Garcia s'approcha du banc où don Juan était encore assis, et le saluant avec beaucoup de courtoisie : « Seigneur étudiant, dit-il, vous êtes nouveau venu parmi nous; pourtant votre nom m'est bien connu. Nos pères ont été grands amis, et, si vous voulez bien le permettre, leurs fils ne le seront pas moins. » En parlant ainsi il tendait la main à don Juan de l'air le plus cordial. Don Juan, qui s'attendait à un tout autre début, reçut avec beaucoup d'empressement les politesses de don Garcia et lui répondit qu'il se tiendrait pour très honoré de l'amitié d'un cavalier tel que lui.

« Vous ne connaissez point encore Salamanque, poursuivit don Garcia; si vous voulez bien m'accepter pour votre guide, je serai charmé de vous faire tout voir, depuis le cèdre jusqu'à l'hysope [10], dans le pays où vous allez vivre. » Ensuite s'adressant à l'étudiant assis à côté de don Juan : « Allons, Périco, tire-toi de là. Crois-tu qu'un butor comme toi doive faire compagnie au seigneur don Juan de Maraña ? » En parlant ainsi, il le poussa rudement et se mit à sa place, que l'étudiant se hâta d'abandonner.

Lorsque la leçon fut finie, don Garcia donna son adresse à son nouvel ami et lui fit promettre de venir le voir. Puis, l'ayant salué de la main d'un air gracieux et familier, il sortit en se drapant avec grâce de son manteau troué comme une écumoire.

Don Juan, tenant ses livres sous son bras, s'était arrêté dans une galerie du collège pour examiner les vieilles inscriptions qui couvraient les murs, lorsqu'il s'aperçut que l'étudiant qui lui avait d'abord parlé s'approchait de lui comme s'il voulait examiner les mêmes objets. Don Juan, après lui avoir fait une inclination de tête pour lui montrer qu'il le reconnaissait, se disposait à sortir, mais l'étudiant l'arrêta par son manteau. « Seigneur don Juan, dit-il, si rien ne vous presse, seriez-vous assez bon pour m'accorder un moment d'entretien ? — Volontiers, répondit don Juan, et il s'appuya contre un pilier, je vous écoute. » Périco regarda de tous côtés d'un air d'inquiétude, comme s'il craignait d'être observé, et se rapprocha de don Juan pour lui parler à l'oreille, ce qui paraissait une précaution inutile, car il n'y avait personne qu'eux dans la vaste galerie gothique où ils se trouvaient. Après un moment de silence : « Pourriez-vous me dire, seigneur don Juan, demanda l'étudiant d'une voix basse et presque tremblante, pourriez-vous me dire si votre père a réellement connu le père de don Garcia Navarro ? »

Don Juan fit un mouvement de surprise. « Vous avez entendu don Garcia le dire à l'instant même.

— Oui, répondit l'étudiant, baissant encore plus la voix ; mais enfin avez-vous jamais entendu dire à votre père qu'il connût le seigneur Navarro ?

— Oui sans doute, et il était avec lui à la guerre contre les Morisques.

— Fort bien ; mais avez-vous entendu dire de ce gentilhomme qu'il eût... un fils ?

— En vérité, je n'ai jamais fait beaucoup d'attention à ce que mon père pouvait en dire... Mais à quoi bon ces questions ? Don Garcia n'est-il pas le fils du seigneur Navarro ?... Serait-il bâtard ?

— J'atteste le ciel que je n'ai rien dit de semblable, s'écria l'étudiant effrayé en regardant derrière le pilier contre lequel s'appuyait don Juan ; je voulais vous demander seulement si vous n'aviez pas connaissance d'une histoire étrange que bien des gens racontent sur ce don Garcia ?

— Je n'en sais pas un mot.

— On dit..., remarquez bien que je ne fais que répéter ce que j'ai entendu dire,... on dit que don Diego Navarro avait un fils qui, à l'âge de six ou sept ans, tomba malade d'une maladie grave et si étrange que les médecins ne savaient quel remède y apporter. Sur quoi le père, qui n'avait pas d'autre enfant, envoya de nombreuses offrandes à plusieurs chapelles, fit tou-

cher des reliques au malade, le tout en vain. Désespéré, il dit un jour, m'a-t-on assuré..., il dit un jour
en regardant une image de saint Michel [11] : — Puisque
tu ne peux pas sauver mon fils, je veux voir si celui
qui est là sous tes pieds n'aura pas plus de pouvoir.

— C'était un blasphème abominable! s'écria don
Juan, scandalisé au dernier point.

— Peu après l'enfant guérit..., et cet enfant..., c'est
don Garcia!

— Si bien que don Garcia a le diable au corps depuis
ce temps-là, dit en éclatant de rire don Garcia, qui se
montra au même instant et qui paraissait avoir écouté
cette conversation caché derrière un pilier voisin.
— En vérité, Périco, dit-il d'un ton froid et méprisant
à l'étudiant stupéfait, si vous n'étiez pas un poltron,
je vous ferais repentir de l'audace que vous avez eue
de parler de moi. — Seigneur don Juan, poursuivit-il
en s'adressant à Maraña, quand vous nous connaîtrez
mieux, vous ne perdrez pas votre temps à écouter ce
bavard. Et tenez, pour vous prouver que je ne suis
pas un méchant diable, faites-moi l'honneur de m'accompagner de ce pas à l'église de Saint-Pierre; lorsque
nous y aurons fait nos dévotions, je vous demanderai
la permission de vous faire faire un mauvais dîner
avec quelques camarades. »

En parlant ainsi, il prenait le bras de don Juan, qui,
honteux d'avoir été surpris à écouter l'étrange histoire
de Périco, se hâta d'accepter l'offre de son nouvel ami
pour lui prouver le peu de cas qu'il faisait des médi-
sances qu'il venait d'entendre.

En entrant dans l'église de Saint-Pierre, don Juan
et don Garcia s'agenouillèrent devant une chapelle
autour de laquelle il y avait un grand concours de
fidèles. Don Juan fit sa prière à voix basse; et, bien
qu'il demeurât un temps convenable dans cette pieuse
occupation, il trouva, lorsqu'il releva la tête, que son
camarade paraissait encore plongé dans une extase
dévote : il remuait doucement les lèvres; on eût dit
qu'il n'était pas à la moitié de ses méditations. Un peu
honteux d'avoir sitôt fini, il se mit à réciter tout bas

les litanies qui lui revinrent en mémoire. Les litanies
dépêchées, don Garcia ne bougeait pas davantage.
Don Juan expédia encore avec distraction quelques
menus suffrages; puis, voyant son camarade toujours
immobile, il crut pouvoir regarder un peu autour de
lui pour passer le temps et attendre la fin de cette éternelle oraison. Trois femmes agenouillées sur des tapis
de Turquie attirèrent son attention tout d'abord. L'une,
à son âge, à ses lunettes et à l'ampleur vénérable de
ses coiffes, ne pouvait être autre qu'une duègne. Les
deux autres étaient jeunes et jolies, et ne tenaient pas
leurs yeux tellement baissés sur leurs chapelets qu'on
ne pût voir qu'ils étaient grands, vifs et bien fendus.
Don Juan éprouva beaucoup de plaisir à regarder
l'une d'elles, plus de plaisir même qu'il n'aurait dû
en avoir dans un saint lieu. Oubliant la prière de son
camarade, il le tira par la manche et lui demanda tout
bas quelle était cette demoiselle qui tenait un chapelet
d'ambre jaune.

« C'est, répondit Garcia sans paraître scandalisé de
son interruption, c'est doña Teresa de Ojeda; et celle-ci,
c'est doña Fausta, sa sœur aînée, toutes les deux filles
d'un auditeur au conseil de Castille. Je suis amoureux
de l'aînée; tâchez de le devenir de la cadette. Tenez,
ajouta-t-il, elles se lèvent et vont sortir de l'église;
hâtons-nous, afin de les voir monter en voiture; peut-
être que le vent soulèvera leurs basquines et que nous
apercevrons une jolie jambe ou deux. »

Don Juan était tellement ému par la beauté de doña
Teresa, que, sans faire attention à l'indécence de ce
langage, il suivit don Garcia jusqu'à la porte de l'église,
et vit les deux nobles demoiselles monter dans leur
carrosse et quitter la place de l'église pour entrer dans
une des rues les plus fréquentées. Lorsqu'elles furent
parties, don Garcia, enfonçant son chapeau de travers
sur sa tête, s'écria gaiement :

« Voilà de charmantes filles! Je veux que le diable
m'emporte si l'aînée n'est pas à moi avant qu'il soit
dix jours! Et vous, avez-vous avancé vos affaires avec
la cadette ?

— Comment! avancé mes affaires ? répondit don

Juan d'un air naïf, mais voilà la première fois que je la vois!

— Bonne raison, vraiment! s'écria don Garcia. Croyez-vous qu'il y ait beaucoup plus longtemps que je connais la Fausta? Aujourd'hui pourtant je lui ai remis un billet qu'elle a fort bien pris.

— Un billet? Mais je ne vous ai pas vu écrire?

— J'en ai toujours de tout écrits sur moi, et, pourvu qu'on n'y mette pas de nom, ils peuvent servir pour toutes. Ayez seulement l'attention de ne pas employer d'épithètes compromettantes sur la couleur des yeux ou des cheveux. Quant aux soupirs, aux larmes et aux alarmes, brunes ou blondes, filles ou femmes, les prendront également en bonne part.

Tout en causant de la sorte, don Garcia et don Juan se trouvèrent à la porte de la maison où le dîner les attendait. C'était chère d'étudiants, plus copieuse qu'élégante et variée : force ragoûts épicés, viandes salées, toutes choses provoquant à la soif. D'ailleurs il y avait abondance de vins de la Manche et d'Andalousie. Quelques étudiants, amis de don Garcia, attendaient son arrivée. On se mit immédiatement à table, et pendant quelque temps on n'entendit d'autre bruit que celui des mâchoires et des verres heurtant les flacons. Bientôt, le vin mettant les convives en belle humeur, la conversation commença et devint des plus bruyantes. Il ne fut question que de duels, d'amourettes et de tours d'écoliers. L'un racontait comment il avait dupé son hôtesse en déménageant la veille du jour qu'il devait payer son loyer. L'autre avait envoyé demander chez un marchand de vin quelques jarres de *valdepeñas* [12] de la part d'un des plus graves professeurs de théologie, et il avait eu l'adresse de détourner les jarres, laissant le professeur payer le mémoire, s'il voulait. Celui-ci avait battu le guet; celui-là, au moyen d'une échelle de corde, était entré chez sa maîtresse malgré les précautions d'un jaloux. D'abord don Juan écoutait avec une espèce de consternation le récit de tous ces désordres. Peu à peu, le vin qu'il buvait et la gaieté des convives désarmèrent sa pruderie. Les histoires que l'on racontait le firent rire, et même il en vint à envier la réputation que donnaient à quelques-uns leurs tours d'adresse ou d'escroquerie. Il commença à oublier les sages principes qu'il avait apportés à l'université, pour admirer la règle de conduite des étudiants; règle simple et facile à suivre, qui consiste à tout se permettre envers les *pillos* [13], c'est-à-dire toute la partie de l'espèce humaine qui n'est pas immatriculée sur les registres de l'université. L'étudiant au milieu des pillos est en pays ennemi, et il a le droit d'agir à leur égard comme les Hébreux à l'égard des Cananéens [14]. Seulement M. le corrégidor ayant malheureusement peu de respect pour les saintes lois de l'université et ne cherchant que l'occasion de nuire à ses initiés, ils doivent être unis comme frères, s'entraider et surtout se garder un secret inviolable.

Cette édifiante conversation dura aussi longtemps que les bouteilles. Lorsqu'elles furent vides, toutes les judiciaires [15] étaient singulièrement embrouillées, et chacun éprouvait une violente envie de dormir. Le soleil étant encore dans toute sa force, on se sépara pour aller faire la sieste; mais don Juan accepta un lit chez don Garcia. Il ne se fut pas plus tôt étendu sur un matelas de cuir, que la fatigue et les fumées du vin le plongèrent dans un profond sommeil. Pendant longtemps ses rêves furent si bizarres et si confus qu'il n'éprouvait d'autre sentiment que celui d'un malaise vague, sans avoir la perception d'une image ou d'une idée qui pût en être la cause. Peu à peu il commença à voir plus clair dans son rêve, si l'on peut s'exprimer ainsi, et il songea avec suite. Il lui semblait qu'il était dans une barque sur un grand fleuve plus large et plus troublé qu'il n'avait jamais vu le Guadalquivir en hiver. Il n'y avait ni voiles, ni rames, ni gouvernail, et la rive du fleuve était déserte. La barque était tellement ballottée par le courant, qu'au malaise qu'il éprouvait il se crut à l'embouchure du Guadalquivir, au moment où les badauds de Séville qui vont à Cadix commencent à ressentir les premières atteintes du mal de mer. Bientôt il se trouva dans une partie de la rivière beaucoup plus resserrée, en sorte qu'il pouvait facilement voir et même se faire entendre sur les

deux bords. Alors parurent en même temps, sur les
deux rives, deux figures lumineuses qui s'approchèrent,
chacune de son côté, comme pour lui porter secours.
Il tourna d'abord la tête à droite, et vit un vieillard
d'une figure grave et austère, pieds nus, n'ayant pour
vêtement qu'un sayon épineux. Il semblait tendre la
main à don Juan. A gauche, où il regarda ensuite,
il vit une femme, d'une taille élevée et de la figure la
plus noble et la plus attrayante, tenant à la main une
couronne de fleurs qu'elle lui présentait. En même
temps il remarqua que sa barque se dirigeait à son gré,
sans rames, mais par le seul fait de sa volonté. Il allait
prendre terre du côté de la femme, lorsqu'un cri, parti
de la rive droite, lui fit tourner la tête et se rapprocher
de ce côté. Le vieillard avait l'air encore plus austère
qu'auparavant. Tout ce que l'on voyait de son corps
était couvert de meurtrissures, livide et teint de sang
caillé. D'une main il tenait une couronne d'épines, de
l'autre un fouet garni de pointes de fer. A ce spectacle,
don Juan fut saisi d'horreur; il revint bien vite à la
rive gauche. L'apparition qui l'avait tant charmé s'y
trouvait encore; les cheveux de la femme flottaient au
vent, ses yeux étaient animés d'un feu surnaturel, et
au lieu de la couronne elle tenait en main une épée.
Don Juan s'arrêta un instant avant de prendre terre, et
alors, regardant avec plus d'attention, il s'aperçut que
la lame de l'épée était rouge de sang, et que la main de
la nymphe était rouge aussi. Epouvanté, il se réveilla
en sursaut. En ouvrant les yeux, il ne put retenir un
cri à la vue d'une épée nue qui brillait à deux pieds du
lit. Mais ce n'était pas une belle nymphe qui tenait
cette épée. Don Garcia allait réveiller son ami, et
voyant auprès de son lit une épée d'un travail curieux,
il l'examinait de l'air d'un connaisseur. Sur la lame
était cette inscription : « Garde loyauté. » Et la poignée,
comme nous l'avons déjà dit, portait les armes, le
nom et la devise des Maraña.

« Vous avez là une belle épée, mon camarade, dit
don Garcia. — Vous devez être reposé maintenant. —
La nuit est venue, promenons-nous un peu; et quand
les honnêtes gens de cette ville seront rentrés chez eux,

nous irons, s'il vous plaît, donner une sérénade à nos divinités. »

Don Juan et don Garcia se promenèrent quelque temps au bord de la Tormes [16], regardant passer les femmes qui venaient respirer le frais ou lorgner leurs amants. Peu à peu les promeneurs devinrent plus rares ; ils disparurent tout à fait.

« Voici le moment, dit don Garcia, voici le moment où la ville tout entière appartient aux étudiants. Les pillos n'oseraient nous troubler dans nos innocentes récréations. Quant au guet, si par aventure nous avions quelque démêlé avec lui, je n'ai pas besoin de vous dire que c'est une canaille qu'il ne faut pas ménager. Mais si les drôles étaient trop nombreux, et qu'il fallût jouer des jambes, n'ayez aucune inquiétude : je connais tous les détours, ne vous mettez en peine que de me suivre, et soyez sûr que tout ira bien. »

En parlant ainsi, il jeta son manteau sur son épaule gauche de manière à se couvrir la plus grande partie de la figure, mais à se laisser le bras droit libre. Don Juan en fit autant, et tous les deux se dirigèrent vers la rue qu'habitaient doña Fausta et sa sœur. En passant devant le porche d'une église, don Garcia siffla, et son page parut tenant une guitare à la main. Don Garcia la prit et le congédia.

« Je vois, dit don Juan en entrant dans la rue de Valladolid, je vois que vous voulez m'employer à protéger votre sérénade ; soyez sûr que je me conduirai de manière à mériter votre approbation. Je serais renié par Séville, ma patrie, si je ne savais pas garder une rue contre les fâcheux !

— Je ne prétends pas vous poser en sentinelle, répondit don Garcia. J'ai mes amours ici, mais vous y avez aussi les vôtres. A chacun son gibier. Chut ! voici la maison. Vous à cette jalousie, moi à celle-ci, et alerte ! »

Don Garcia, ayant accordé la guitare, se mit à chanter d'une voix assez agréable une romance où, comme à l'ordinaire, il était question de larmes, de soupirs et de tout ce qui s'ensuit. Je ne sais s'il en était l'auteur.

A la troisième ou quatrième séguidille [17], les jalousies de deux fenêtres se soulevèrent légèrement, et une
petite toux se fit entendre. Cela voulait dire qu'on
écoutait. Les musiciens, dit-on, ne jouent jamais lorsqu'on les en prie ou qu'on les écoute. Don Garcia
déposa sa guitare sur une borne et entama la conversation à voix basse avec une des femmes qui l'écoutaient.

Don Juan, en levant les yeux, vit à la fenêtre au-
dessus de lui une femme qui paraissait le considérer
attentivement. Il ne doutait pas que ce ne fût la sœur
de doña Fausta, que son goût et le choix de son ami
lui donnaient pour dame de ses pensées. Mais il était
timide encore, sans expérience, et il ne savait par où
commencer. Tout à coup un mouchoir tomba de la
fenêtre, et une petite voix douce s'écria : « Ah! Jésus!
mon mouchoir est tombé! » Don Juan le ramassa
aussitôt, le plaça sur la pointe de son épée et le porta
à la hauteur de la fenêtre. C'était un moyen d'entrer
en matière. La voix commença par des remerciements,
puis demanda si le seigneur cavalier qui avait tant de
courtoisie n'avait pas été dans la matinée à l'église de
Saint-Pierre. Don Juan répondit qu'il y était allé, et
qu'il y avait perdu le repos. « Comment ? — En vous
voyant. » La glace était brisée. Don Juan était de
Séville, et savait par cœur toutes les romances morisques dont la langue amoureuse est si riche. Il ne
pouvait manquer d'être éloquent. La conversation dura
environ une heure. Enfin Teresa s'écria qu'elle entendait son père, et qu'il fallait se retirer. Les deux
galants ne quittèrent la rue qu'après avoir vu deux
petites mains blanches sortir de la jalousie et leur jeter
à chacun une branche de jasmin. Don Juan alla se
coucher la tête remplie d'images délicieuses. Pour don
Garcia, il entra dans un cabaret où il passa la plus
grande partie de la nuit.

Le lendemain, les soupirs et les sérénades recommencèrent. Il en fut de même les nuits suivantes. Après
une résistance convenable, les deux dames consentirent à donner et à recevoir des boucles de cheveux,
opération qui se fit au moyen d'un fil qui descendit,

et rapporta les gages échangés. Don Garcia, qui n'était pas homme à se contenter de bagatelles, parla d'une échelle de corde ou bien de fausses clefs ; mais on le trouva hardi, et sa proposition fut sinon rejetée, du moins indéfiniment ajournée.

Depuis un mois à peu près, don Juan et don Garcia roucoulaient assez inutilement sous les fenêtres de leurs maîtresses. Par une nuit très sombre, ils étaient à leur faction ordinaire, et la conversation durait depuis quelque temps à la satisfaction de tous les interlocuteurs, lorsqu'à l'extrémité de la rue parurent sept à huit hommes en manteau, dont la moitié portait des instruments de musique.

« Juste ciel ! s'écria Teresa, voici don Cristoval qui vient nous donner une sérénade. Eloignez-vous pour l'amour de Dieu, ou il arrivera quelque malheur.

— Nous ne cédons à personne une si belle place », s'écria don Garcia ; et élevant la voix : « Cavalier, dit-il au premier qui s'avançait, la place est prise, et ces dames ne se soucient guère de votre musique ; donc, s'il vous plaît, cherchez fortune ailleurs.

— C'est un de ces faquins d'étudiants qui prétend nous empêcher de passer ! s'écria don Cristoval. Je vais lui apprendre ce qu'il en coûte pour s'adresser à mes amours ! » A ces mots, il mit l'épée à la main. En même temps, celles de deux de ses compagnons brillèrent hors du fourreau. Don Garcia, avec une prestesse admirable, roulant son manteau autour de son bras, mit flamberge au vent, et s'écria : « A moi les étudiants ! » Mais il n'y en avait pas un seul aux environs. Les musiciens, craignant sans doute de voir leurs instruments brisés dans la bagarre, prirent la fuite en appelant la justice, pendant que les deux femmes à la fenêtre invoquaient à leur aide tous les saints du paradis.

Don Juan, qui se trouvait au-dessous de la fenêtre la plus proche de don Cristoval, eut d'abord à se défendre contre lui. Son adversaire était adroit et, en outre, il avait à la main gauche une targe [18] de fer dont il se servait pour parer, tandis que don Juan n'avait que son épée et son manteau. Vivement pressé par

don Cristoval, il se rappela fort à propos une botte
du seigneur Uberti, son maître d'armes. Il se laissa
tomber sur sa main gauche, et de la droite, glissant
son épée sous la targe de don Cristoval, il la lui
enfonça au défaut des côtes avec tant de force que le fer
se brisa après avoir pénétré de la longueur d'une
palme. Don Cristoval poussa un cri et tomba baigné
dans son sang. Pendant cette opération, qui dura
moins à faire qu'à raconter, don Garcia se défendait
avec succès contre ses deux adversaires, qui n'eurent
pas plutôt vu leur chef sur le carreau qu'ils prirent la
fuite à toutes jambes.

« Sauvons-nous maintenant, dit don Garcia; ce
n'est pas le moment de s'amuser. Adieu, mes belles! »
Et il entraîna avec lui don Juan tout effaré de son
exploit. A vingt pas de la maison, don Garcia s'arrêta
pour demander à son compagnon ce qu'il avait fait de
son épée.

« Mon épée? dit don Juan, s'apercevant alors seulement qu'il ne la tenait plus à la main... Je ne sais... je
l'aurai probablement laissée tomber.

— Malédiction! s'écria don Garcia, et votre nom
qui est gravé sur la garde! »

Dans ce moment on voyait des hommes avec des
flambeaux sortir des maisons voisines et s'empresser
autour du mourant. A l'autre bout de la rue, une
troupe d'hommes armés s'avançaient rapidement.
C'était évidemment une patrouille attirée par les cris
des musiciens et par le bruit du combat.

Don Garcia, rabattant son chapeau sur ses yeux, et
se couvrant de son manteau le bas du visage pour
n'être pas reconnu, s'élança, malgré le danger, au
milieu de tous ces hommes rassemblés, espérant
retrouver cette épée qui aurait indubitablement fait
reconnaître le coupable. Don Juan le vit frapper de
droite et de gauche, éteignant les lumières et culbutant
tout ce qui se trouvait sur son passage. Il reparut
bientôt courant de toutes ses forces et tenant une épée
de chaque main : toute la patrouille le poursuivait.

« Ah! don Garcia, s'écria don Juan en prenant l'épée

qu'il lui tendait, que de remerciements je vous dois!

— Fuyons! fuyons! s'écria Garcia. Suivez-moi, et si quelqu'un de ces coquins vous serre de trop près, piquez-le comme vous venez le faire à l'autre. »

Tous deux se mirent alors à courir avec toute la vitesse que pouvait leur prêter leur vigueur naturelle, augmentée de la peur de M. le corrégidor, magistrat qui passait pour encore plus redoutable aux étudiants qu'aux voleurs.

Don Garcia, qui connaissait Salamanque comme son *Deus det* [19], était fort habile à tourner rapidement les coins de rues et à se jeter dans les allées étroites, tandis que son compagnon, plus novice, avait grand-peine à le suivre. L'haleine commençait à leur manquer, lorsqu'au bout d'une rue ils rencontrèrent un groupe d'étudiants qui se promenaient en chantant et jouant de la guitare. Aussitôt que ceux-ci se furent aperçus que deux de leurs camarades étaient poursuivis, ils se saisirent de pierres, de bâtons et de toutes les armes possibles. Les archers, tout essoufflés, ne jugèrent pas à propos d'entamer l'escarmouche. Ils se retirèrent prudemment, et les deux coupables allèrent se réfugier et se reposer un instant dans une église voisine.

Sous le portail, don Juan voulut remettre son épée dans le fourreau, ne trouvant pas convenable ni chrétien d'entrer dans la maison de Dieu une arme à la main. Mais le fourreau résistait, la lame n'entrait qu'avec peine; bref, il reconnut que l'épée qu'il tenait n'était pas la sienne : don Garcia, dans sa précipitation, avait saisi la première épée qu'il avait trouvée à terre, et c'était celle du mort ou d'un de ses acolytes. Le cas était grave; don Juan en avertit son ami, qu'il avait appris à regarder comme de bon conseil.

Don Garcia fronça le sourcil, se mordit les lèvres, tordit les bords de son chapeau, se promena quelques pas, pendant que don Juan, tout étourdi de la fâcheuse découverte qu'il venait de faire, était en proie à l'inquiétude autant qu'aux remords. Après un quart d'heure de réflexions, pendant lequel don Garcia eut le bon goût de ne pas dire une seule fois : Pourquoi laissiez-vous tomber votre épée ? celui-ci prit don Juan par le bras et lui dit : « Venez avec moi, je tiens votre affaire. »

Dans ce moment un prêtre sortait de la sacristie de l'église et se disposait à gagner la rue; don Garcia l'arrêta.

« N'est-ce pas au savant licencié [20] Gomez que j'ai l'honneur de parler ? lui dit-il en s'inclinant profondément.

— Je ne suis pas encore licencié, répondit le prêtre, évidemment flatté de passer pour un licencié. Je m'appelle Manuel Tordoya, fort à votre service.

— Mon père, dit don Garcia, vous êtes précisément la personne à qui je désirais parler; c'est d'un cas de conscience qu'il s'agit, et si la renommée ne m'a pas trompé, vous êtes l'auteur de ce fameux traité *De casibus conscientiæ* [21] qui a fait tant de bruit à Madrid ? »

Le prêtre, se laissant aller au péché de vanité, répondit en balbutiant qu'il n'était pas l'auteur de ce livre (lequel, à vrai dire, n'avait jamais existé), mais qu'il s'était fort occupé de semblables matières. Don Garcia, qui avait ses raisons pour ne pas l'écouter, poursuivit de la sorte : « Voici, mon père, en trois mots, l'affaire sur laquelle je désirais vous consulter. Un de mes amis, aujourd'hui même, il y a moins d'une heure, est abordé dans la rue par un homme qui lui dit : Cavalier, je vais me battre à deux pas d'ici, mon adversaire a une épée plus longue que la mienne; veuillez me prêter la vôtre pour que les armes soient égales. Et mon ami a changé d'épée avec lui. Il attend quelque temps au coin de la rue que l'affaire soit terminée. N'entendant plus le cliquetis des épées, il s'approche; que voit-il ? un homme mort percé, par l'épée même qu'il venait de prêter. Depuis ce moment il est désespéré, il se reproche sa complaisance, et il craint d'avoir fait un péché mortel. Moi, j'essaye de le rassurer; je crois le péché véniel, en ce que, s'il n'avait pas prêté son épée, il aurait été la cause que deux hommes se seraient battus à armes inégales. Qu'en pensez-vous, mon père ? n'êtes-vous pas de mon sentiment ? »

Le prêtre, qui était apprenti casuiste [22], dressa les oreilles à cette histoire et se frotta quelque temps le

front comme un homme qui cherche une citation.
Don Juan ne savait où voulait en venir don Garcia;
mais il n'ajouta rien, craignant de faire quelque gau-
cherie.

« Mon père, poursuivit Garcia, la question est fort
ardue, puisqu'un aussi grand savant que vous hésite
à la résoudre. Demain, si vous le permettez, nous
reviendrons savoir votre sentiment. En attendant, veuillez, je vous prie, dire ou faire dire quelques messes
pour l'âme du mort. » Il déposa, en disant ces mots,
deux ou trois ducats dans la main du prêtre, ce qui
acheva de le disposer favorablement pour des jeunes
gens si dévots, si scrupuleux et surtout si généreux.
Il leur assura que le lendemain, au même lieu, il leur
donnerait son opinion par écrit. Don Garcia fut prodigue de remerciements; puis il ajouta d'un ton dégagé,
et comme une observation de peu d'importance :
« Pourvu que la justice n'aille pas nous rendre respon-
sables de cette mort! Nous espérons en vous pour nous
réconcilier avec Dieu.

— Quant à la justice, dit le prêtre, vous n'avez rien
à en craindre. Votre ami, n'ayant fait que prêter son
épée, n'est point légalement complice.

— Oui, mon père, mais le meurtrier a pris la fuite.
On examinera la blessure, on trouvera peut-être l'épée
ensanglantée... que sais-je? Les gens de loi sont ter-
ribles, dit-on.

— Mais, dit le prêtre, vous étiez témoin que l'épée
a été empruntée ?

— Certainement, dit don Garcia; je l'affirmerais
devant toutes les cours du royaume. D'ailleurs, poursuivit-il du ton le plus insinuant, vous, mon père, vous
seriez là pour rendre témoignage de la vérité. Nous
nous sommes présentés à vous longtemps avant que
l'affaire fût connue pour vous demander vos conseils
spirituels. Vous pourriez même attester l'échange...
En voici la preuve. » Il prit alors l'épée de don Juan.
« Voyez plutôt cette épée, dit-il, quelle figure elle fait
dans ce fourreau! »

Le prêtre inclina la tête comme un homme convaincu
de la vérité de l'histoire qu'on lui racontait. Il soupesait

sans parler les ducats qu'il avait dans la main, et il y trouvait toujours un argument sans réplique en faveur des jeunes gens.

« Au surplus, mon père, dit don Garcia d'un ton fort dévot, que nous importe la justice ? c'est avec le ciel que nous voulons être réconciliés.

— A demain, mes enfants, dit le prêtre en se retirant.

— A demain, répondit don Garcia; nous vous baisons les mains et nous comptons sur vous. »

Le prêtre parti, don Garcia fit un saut de joie. « Vive la simonie [23]! s'écria-t-il, nous voilà dans une meilleure position, je l'espère. Si la justice s'inquiète de vous, ce bon père, pour les ducats qu'il a reçus et ceux qu'il espère tirer de nous, est prêt à attester que nous sommes aussi étrangers à la mort du cavalier que vous venez d'expédier, que l'enfant qui vient de naître. Rentrez chez vous maintenant, soyez toujours sur le qui-vive, et n'ouvrez votre porte qu'à bonnes enseignes; moi, je vais courir la ville et savoir un peu les nouvelles. »

Don Juan, rentré dans sa chambre, se jeta tout habillé sur son lit. Il passa la nuit sans dormir, ne pensant qu'au meurtre qu'il venait de commettre, et surtout à ses conséquences. Chaque fois qu'il entendait dans la rue le bruit des pas d'un homme, il s'imaginait que la justice venait l'arrêter. Cependant, comme il était fatigué, et qu'il avait encore la tête lourde par suite d'un dîner d'étudiants auquel il avait assisté, il s'endormit au moment où le soleil se levait.

Il reposait déjà depuis quelques heures, quand son domestique l'éveilla en lui disant qu'une dame voilée demandait à lui parler. Au même moment une femme entra dans la chambre. Elle était enveloppée de la tête aux pieds d'un grand manteau noir qui ne lui laissait qu'un œil découvert. Cet œil, elle le tourna vers le domestique, puis vers don Juan, comme pour demander à lui parler sans témoins. Le domestique sortit aussitôt. La dame s'assit regardant don Juan de tout son œil avec la plus grande attention. Après un moment de silence, elle commença de la sorte :

« Seigneur cavalier, ma démarche a de quoi surprendre, et vous devez, sans doute, concevoir de moi une médiocre opinion; mais si l'on connaissait les motifs qui m'amènent ici, sans doute on ne me blâmerait pas. Vous vous êtes battu hier avec un cavalier de cette ville...

— Moi, madame! s'écria don Juan en pâlissant; je ne suis pas sorti de cette chambre...

— Il est inutile de feindre avec moi, et je dois vous donner l'exemple de la franchise. » En parlant ainsi, elle écarta son manteau, et don Juan reconnut doña Teresa. « Seigneur don Juan, poursuivit-elle en rougissant, je dois vous avouer que votre bravoure m'a intéressée pour vous au dernier point. J'ai remarqué, malgré le trouble où j'étais, que votre épée s'était brisée, et que vous l'aviez jetée à terre auprès de notre porte. Au moment où l'on s'empressait autour du blessé, je suis descendue et j'ai ramassé la poignée de cette épée. En la considérant j'ai lu votre nom, et j'ai compris combien vous seriez exposé si elle tombait entre les mains de vos ennemis. La voici, je suis bien heureuse de pouvoir vous la rendre. »

Comme de raison, don Juan tomba à ses genoux, lui dit qu'il lui devait la vie, mais que c'était un présent inutile, puisqu'elle allait le faire mourir d'amour. Doña Teresa était pressée et voulait se retirer sur-le-champ; cependant elle écoutait don Juan avec tant de plaisir qu'elle ne pouvait se décider à s'en retourner. Une heure à peu près se passa de la sorte, toute remplie de serments d'amour éternel, de baisements de main, prières d'une part, faibles refus de l'autre. Don Garcia, entrant tout à coup, interrompit le tête-à-tête. Il n'était pas homme à se scandaliser. Son premier soin fut de rassurer Teresa. Il loua beaucoup son courage, sa présence d'esprit, et finit par la prier de s'entremettre auprès de sa sœur afin de lui ménager un accueil plus humain. Doña Teresa promit tout ce qu'il voulut, s'enveloppa hermétiquement dans son manteau et partit après avoir promis de se trouver le soir même avec sa sœur dans une partie de la promenade qu'elle désigna.

« Nos affaires vont bien, dit don Garcia aussitôt que les deux jeunes gens furent seuls. Personne ne

vous soupçonne. Le corrégidor, qui ne me veut nul
bien, m'avait d'abord fait l'honneur de penser à moi.
Il était persuadé, disait-il, que c'était moi qui avais
tué don Cristoval. Savez-vous ce qui lui a fait changer
d'opinion ? c'est qu'on lui a dit que j'avais passé
toute la soirée avec vous ; et vous avez, mon cher, une
si grande réputation de sainteté que vous en avez à
revendre pour les autres. Quoi qu'il en soit, on ne
pense pas à nous. L'espièglerie de cette brave petite
Teresa nous rassure pour l'avenir : ainsi n'y pensons
plus et ne songeons qu'à nous amuser.

— Ah ! Garcia, s'écria tristement don Juan, c'est
une bien triste chose que de tuer un de ses semblables !

— Il y a quelque chose de plus triste, répondit don
Garcia, c'est qu'un de nos semblables nous tue, et
une troisième chose qui surpasse les deux autres en
tristesse, c'est un jour passé sans dîner. C'est pourquoi
je vous invite à dîner aujourd'hui avec quelques bons
vivants, qui seront charmés de vous voir. » En disant
ces mots, il sortit.

L'amour faisait déjà une puissante diversion aux
remords de notre héros. La vanité acheva de les
étouffer. Les étudiants avec lesquels il dîna chez Garcia
avaient appris par lui quel était le véritable meurtrier
de don Cristoval. Ce Cristoval était un cavalier fameux
par son courage et par son adresse, redouté des étudiants : aussi sa mort ne pouvait qu'exciter leur gaieté,
et son heureux adversaire fut accablé de compliments.
A les entendre, il était l'honneur, la fleur, le bras de
l'université. Sa santé fut bue avec enthousiasme, et un
étudiant de Murcie improvisa un sonnet à sa louange,
dans lequel il le comparait au Cid et à Bernard del
Carpio. En se levant de table, don Juan se sentait
bien encore quelque poids sur le cœur ; mais, s'il avait
eu le pouvoir de ressusciter don Cristoval, il est douteux qu'il en eût fait usage, de peur de perdre la considération et la renommée que cette mort lui avait
acquises dans toute l'université de Salamanque.

Le soir venu, des deux côtés on fut exact au rendez-
vous qui eut lieu sur les bords de la Tormes. Doña
Teresa prit la main de don Juan (on ne donnait pas

encore le bras aux femmes), et doña Fausta celle de
don Garcia. Après quelques tours de promenade, les
deux couples se séparèrent fort contents, avec la promesse de ne pas laisser échapper une seule occasion
de se revoir.

En quittant les deux sœurs, ils rencontrèrent quelques
bohémiennes qui dansaient avec des tambours de
basque au milieu d'un groupe d'étudiants. Ils se
mêlèrent à eux. Les danseuses plurent à don Garcia,
qui résolut de les emmener souper. La proposition
fut aussitôt faite et aussitôt acceptée. En sa qualité de
fidus Achates[24], don Juan était de la partie. Piqué de
ce qu'une des bohémiennes lui avait dit qu'il avait
l'air d'un moine novice, il s'étudia à faire tout ce qu'il
fallait pour prouver que ce surnom était mal appliqué :
il jura, dansa, joua et but autant à lui seul que deux
étudiants de seconde année auraient pu le faire.

On eut beaucoup de peine à le ramener chez lui
après minuit, un peu plus qu'ivre et dans un tel état
de fureur qu'il voulait mettre le feu à Salamanque et
boire toute la Tormes pour empêcher d'éteindre l'in-
cendie.

C'est ainsi que don Juan perdait, l'une après l'autre,
toutes les heureuses qualités que la nature et son éducation lui avaient données. Au bout de trois mois de
séjour à Salamanque sous la direction de don Garcia,
il avait tout à fait séduit la pauvre Teresa; son camarade avait réussi de son côté huit à dix jours plus tôt.
D'abord don Juan aima sa maîtresse avec tout l'amour
qu'un enfant de son âge a pour la première femme
qui se donne à lui; mais don Garcia lui démontra
sans peine que la constance était une vertu chimérique;
de plus, que, s'il se conduisait autrement que ses
camarades dans les orgies universitaires, il serait cause
que la réputation de la Teresa en recevrait des atteintes.
« Car, disait-il, il n'y a qu'un amour très violent et
satisfait qui se contente d'une seule femme. » En outre,
la mauvaise compagnie dans laquelle don Juan était
plongé ne lui laissait pas un moment de repos. Il paraissait à peine dans les classes, ou bien, affaibli par les
veilles et la débauche, il s'assoupissait aux doctes

leçons des plus illustres professeurs. En revanche, il était toujours le premier et le dernier à la promenade; et, quant à ses nuits, il passait régulièrement au cabaret ou en pire lieu celles que doña Teresa ne pouvait lui consacrer.

Un matin il avait reçu un billet de cette dame, qui lui exprimait le regret de manquer à un rendez-vous promis pour la nuit. Une vieille parente venait d'arriver à Salamanque, et on lui donnait la chambre de Teresa, qui devait coucher dans celle de sa mère. Ce désappointement affecta très médiocrement don Juan, qui trouva le moyen d'employer sa soirée. Au moment qu'il sortait dans la rue, préoccupé de ses projets, une femme voilée lui remit un billet; il était de doña Teresa. Elle avait trouvé moyen d'avoir une autre chambre, et avait tout arrangé avec sa sœur pour le rendez-vous. Don Juan montra la lettre à don Garcia. Ils hésitèrent quelque temps; puis enfin, machinalement et comme par habitude, ils escaladèrent le balcon de leurs maîtresses.

Doña Teresa avait à la gorge un signe assez apparent. Ce fut une immense faveur que reçut don Juan la première fois qu'il eut la permission de le regarder. Pendant quelque temps il continua à le considérer comme la plus ravissante chose du monde. Tantôt il le comparait à une violette, tantôt à une anémone, tantôt à la fleur de l'alfalfa. Mais bientôt ce signe, qui était réellement fort joli, cessa par la satiété de lui paraître tel. — C'est une grande tache noire, voilà tout, se disait-il en soupirant. C'est dommage qu'elle se trouve là. Parbleu, c'est que cela ressemble à une couenne de lard. Le diable emporte le signe! — Un jour même il demanda à Teresa si elle n'avait pas consulté un médecin sur les moyens de le faire disparaître. A quoi la pauvre fille répondit, en rougissant jusqu'au blanc des yeux, qu'il n'y avait pas un seul homme, excepté lui, qui eût vu cette tache; qu'au surplus sa nourrice avait coutume de lui dire que de tels signes portaient bonheur.

Le soir que j'ai dit, don Juan, étant venu au rendez-vous d'assez mauvaise humeur, revit le signe en question, qui lui parut encore plus grand que les autres fois. — Parbleu, c'est la représentation d'un gros rat, se dit-il à lui-même en le considérant. En vérité, c'est une monstruosité! C'est un signe de réprobation comme celui dont fut marqué Caïn. Il faut avoir le diable au corps pour faire sa maîtresse d'une pareille femme. — Il fut maussade au dernier point. Il querella sans sujet la pauvre Teresa, la fit pleurer, et la quitta vers l'aube sans vouloir l'embrasser. Don Garcia, qui sortait avec lui, marcha quelque temps sans parler; puis, s'arrêtant tout d'un coup :

« Convenez, don Juan, dit-il, que nous nous sommes bien ennuyés cette nuit. Pour moi, j'en suis encore excédé, et j'ai bien envie d'envoyer une bonne fois la princesse à tous les diables!

— Vous avez tort, dit don Juan; la Fausta est une charmante personne, blanche comme un cygne, et elle est toujours de bonne humeur. Et puis elle vous aime tant! En vérité, vous êtes bien heureux.

— Blanche, à la bonne heure; je conviens qu'elle est blanche; mais elle n'a pas de couleurs; et à côté de sa sœur elle semble un hibou auprès d'une colombe. C'est vous qui êtes bien heureux.

— Comme cela, répondit don Juan. La petite est assez gentille, mais c'est une enfant. Il n'y a pas à causer raisonnablement avec elle. Elle a la tête farcie de romans de chevalerie, et elle s'est fait sur l'amour les opinions les plus extravagantes. Vous ne vous faites pas une idée de son exigence.

— C'est que vous êtes trop jeune, don Juan, et vous ne savez pas dresser vos maîtresses. Une femme, voyez-vous, est comme un cheval : si vous lui laissez prendre de mauvaises habitudes, si vous ne lui persuadez pas que vous ne lui pardonnerez aucun caprice, jamais vous n'en pourrez rien obtenir.

— Dites-moi, don Garcia, traitez-vous vos maîtresses comme vos chevaux? Employez-vous souvent la gaule pour leur faire passer leurs caprices?

— Rarement; mais je suis trop bon. Tenez, don Juan, voulez-vous me céder votre Teresa? je vous promets qu'au bout de quinze jours elle sera souple comme

un gant. Je vous offre Fausta en échange. Vous faut-il
du retour ?

— Le marché serait assez de mon goût, dit don Juan
en souriant, si ces dames de leur côté y consentaient.
Mais doña Fausta ne voudrait jamais vous céder. Elle
perdrait trop au change.

— Vous êtes trop modeste; mais rassurez-vous. Je
l'ai tant fait enrager hier, que le premier venu lui sem-
blerait auprès de moi comme un ange de lumière pour
un damné. Savez-vous, don Juan, poursuivit don Garcia, que je parle très sérieusement ? » Et don Juan rit
plus fort du sérieux avec lequel son ami débitait ces
extravagances.

Cette édifiante conversation fut interrompue par
l'arrivée de plusieurs étudiants qui donnèrent un autre
cours à leurs idées. Mais, le soir venu, les deux amis
étant assis devant une bouteille de vin de Montilla
accompagnée d'une petite corbeille remplie de glands
de Valence, don Garcia se remit à se plaindre de sa
maîtresse. Il venait de recevoir une lettre de Fausta,
pleine d'expressions tendres et de doux reproches, au
milieu desquels on voyait percer son esprit enjoué et
son habitude de saisir le côté ridicule de chaque chose.

« Tenez, dit don Garcia tendant la lettre à don Juan
et bâillant outre mesure, lisez ce beau morceau. Encore
un rendez-vous pour ce soir ! mais le diable m'emporte
si j'y vais. »

Don Juan lut la lettre, qui lui parut charmante.

« En vérité, dit-il, si j'avais une maîtresse comme la
vôtre, toute mon étude serait de la rendre heureuse.

— Prenez-la donc, mon cher, s'écria don Garcia,
prenez-la, passez-vous-en la fantaisie. Je vous abandonne mes droits. Faisons mieux, ajouta-t-il en se
levant, comme éclairé par une inspiration soudaine,
jouons nos maîtresses. Voici des cartes. Faisons une
partie d'hombre. Doña Fausta est mon enjeu; vous,
mettez sur table doña Teresa. »

Don Juan, riant aux larmes de la folie de son camarade, prit les cartes et les mêla. Quoiqu'il ne mît presque aucune attention à son jeu, il gagna. Don Garcia,
sans paraître chagrin de la perte de sa partie, demanda

ce qu'il fallait pour écrire, et fit une espèce de billet à
ordre, tiré sur doña Fausta, à laquelle il enjoignait de
se mettre à la disposition du porteur, absolument
comme il eût écrit à son intendant de compter cent
ducats à un de ses créanciers.

Don Juan, riant toujours, offrait à don Garcia de
lui donner sa revanche. Mais celui-ci refusa. « Si vous
avez un peu de courage, dit-il, prenez mon manteau,
allez à la petite porte que bien vous connaissez. Vous
ne trouverez que Fausta puisque la Teresa ne vous
attend pas. Suivez-la sans dire un mot ; une fois dans
sa chambre, il se peut fort bien qu'elle éprouve un
moment de surprise, qu'elle verse même une larme ou
deux ; mais que cela ne vous arrête pas. Soyez sûr
qu'elle n'osera crier. Montrez-lui alors ma lettre ; dites-
lui que je suis un horrible scélérat, un monstre, tout
ce que vous voudrez ; qu'elle a une vengeance facile et
prompte, et cette vengeance, soyez certain qu'elle la
trouvera bien douce. »

A chacune des paroles de Garcia le diable entrait
plus avant dans le cœur de don Juan, et lui disait que
ce qu'il n'avait jusqu'à présent regardé que comme
une plaisanterie sans but pouvait se terminer pour lui
de la manière la plus agréable. Il cessa de rire, et le
rouge du plaisir commença à lui monter au front.

« Si j'étais assuré, dit-il, que Fausta consentît à cet
échange...

— Si elle consentira ! s'écria le libertin. Quel blanc-
bec êtes-vous, mon camarade, pour croire qu'une
femme puisse hésiter entre un amant de six mois et
un amant d'un jour ! Allez, vous me remercierez tous
les deux demain, je n'en doute pas, et la seule récompense que je vous demande, c'est de me permettre de
faire la cour à Teresita pour me dédommager. » Puis,
voyant que don Juan était plus qu'à moitié convaincu,
il lui dit : « Décidez-vous, car pour moi je ne veux pas
voir Fausta ce soir ; si vous n'en voulez pas, je donne ce
billet au gros Fadrique, et c'est lui qui en aura l'aubaine.

— Ma foi, arrive que pourra ! » s'écria don Juan,
saisissant le billet ; et pour se donner du courage, il
avala d'un trait un grand verre de Montilla.

L'heure approchait. Don Juan, qu'un reste de conscience retenait encore, buvait coup sur coup pour s'étourdir. Enfin l'horloge sonna. Don Garcia jeta son manteau sur les épaules de don Juan, et le conduisit jusqu'à la porte de sa maîtresse; puis, ayant fait le signal convenu, il lui souhaita une bonne nuit, et s'éloigna sans le moindre remords de la mauvaise action qu'il venait de commettre.

Aussitôt la porte s'ouvrit. Doña Fausta attendait depuis quelque temps.

« Est-ce vous, don Garcia? » demanda-t-elle à voix basse.

« Oui », répondit don Juan encore plus bas, et la figure cachée sous les plis d'un large manteau. Il entra, et la porte s'étant refermée, don Juan commença à monter un escalier obscur avec son guide.

« Prenez le bout de ma mantille, dit-elle, et suivez-moi le plus doucement que vous pourrez. »

En peu d'instants il se trouva dans la chambre de Fausta. Une lampe seule y jetait une médiocre clarté. D'abord don Juan, sans ôter son manteau ni son chapeau, se tint debout, le dos près de la porte, n'osant encore se découvrir. Doña Fausta le considéra quelque temps sans rien dire; puis tout d'un coup elle s'avança vers lui en lui tendant les bras. Don Juan, laissant alors tomber son manteau, imita son mouvement.

« Quoi! c'est vous, seigneur don Juan? s'écria-t-elle. Est-ce que don Garcia est malade?

— Malade? Non, dit don Juan... Mais il ne peut venir. Il m'a envoyé auprès de vous.

— Oh! que j'en suis fâchée! Mais, dites-moi, ce n'est pas une autre femme qui l'empêche de venir?

— Vous le savez donc bien libertin?...

— Que ma sœur va être contente de vous voir! La pauvre enfant! elle croyait que vous ne viendriez pas?... Laissez-moi passer, je vais l'avertir.

— C'est inutile.

— Votre air est singulier, don Juan... Vous avez une mauvaise nouvelle à m'apprendre... Parlez, il est arrivé quelque malheur à don Garcia? »

Pour s'épargner une réponse embarrassante, don

Juan tendit à la pauvre fille l'infâme billet de don Garcia. Elle le lut avec précipitation, et ne le comprit pas d'abord. Elle le relut, et n'en put croire ses yeux. Don Juan l'observait avec attention, et la voyait tour à tour s'essuyer le front, se frotter les yeux ; ses lèvres tremblaient, une pâleur mortelle couvrait son visage, et elle était obligée de tenir à deux mains le papier pour qu'il ne tombât pas à terre. Enfin, se levant par un effort désespéré, elle s'écria : « Tout cela est faux ! c'est une horrible fausseté ! Don Garcia n'a jamais écrit cela ! »

Don Juan répondit : « Vous connaissez son écriture. Il ne savait pas le prix du trésor qu'il possédait... et moi j'ai accepté parce que je vous adore. »

Elle jeta sur lui un regard du plus profond mépris, et se mit à relire la lettre avec l'attention d'un avocat qui soupçonne une falsification dans un acte. Ses yeux étaient démesurément ouverts et fixés sur le papier. De temps en temps une grosse larme s'en échappait sans qu'elle clignât la paupière, et tombait en glissant sur ses joues. Tout à coup elle sourit d'un sourire de fou, et s'écria : « C'est une plaisanterie, n'est-ce pas ? C'est une plaisanterie ? don Garcia est là, il va venir !...

— Ce n'est point une plaisanterie, doña Fausta. Il n'y a rien de plus vrai que l'amour que j'ai pour vous. Je serais bien malheureux si vous ne me croyiez pas.

— Misérable ! s'écria doña Fausta ; mais si tu dis vrai, tu es un plus grand scélérat encore que don Garcia.

— L'amour excuse tout, belle Faustita. Don Garcia vous abandonne ; prenez-moi pour vous consoler. Je vois peints sur ce panneau Bacchus et Ariane ; laissez-moi être votre Bacchus [25]. »

Sans répondre un mot, elle saisit un couteau sur la table, et s'avança vers don Juan en le tenant élevé au-dessus de sa tête. Mais il avait vu le mouvement ; il lui saisit le bras, la désarma sans peine, et, se croyant autorisé à la punir de ce commencement d'hostilités, il l'embrassa trois ou quatre fois, et voulut l'entraîner vers un petit lit de repos. Doña Fausta était une femme

faible et délicate; mais la colère lui donnait des forces,
elle résistait à don Juan, tantôt se cramponnant aux
meubles, tantôt se défendant des mains, des pieds et
des dents. D'abord don Juan avait reçu quelques
coups en souriant, mais bientôt la colère fut chez lui
aussi forte que l'amour. Il étreignit fortement Fausta
sans craindre de froisser sa peau délicate. C'était un
lutteur irrité qui voulait à tout prix triompher de son
adversaire, prêt à l'étouffer, s'il fallait, pour le vaincre.
Fausta eut alors recours à la dernière ressource qui
lui restait. Jusque-là un sentiment de pudeur féminine
l'avait empêchée d'appeler à son aide; mais, se voyant
sur le point d'être vaincue, elle fit retentir la maison
de ses cris.

Don Juan sentit qu'il ne s'agissait plus pour lui de
posséder sa victime, et qu'il devait avant tout songer
à sa sûreté. Il voulut repousser Fausta et gagner la
porte, mais elle s'attachait à ses habits, et il ne pouvait
s'en débarrasser. En même temps se faisait entendre
le bruit alarmant de portes qui s'ouvraient; des pas
et des voix d'hommes s'approchaient; il n'y avait pas
un instant à perdre. Il fit un effort pour rejeter loin de
lui doña Fausta; mais elle l'avait saisi par le pourpoint
avec tant de force, qu'il tourna sur lui-même avec elle
sans avoir gagné autre chose que de changer de position. Fausta était alors du côté de la porte qui s'ouvrait
en dedans. Elle continuait ses cris. En même temps la
porte s'ouvre; un homme tenant une arquebuse à la
main paraît à l'entrée. Il laisse échapper une exclamation de surprise, et une détonation suit aussitôt. La
lampe s'éteignit, et don Juan sentit que les mains de
doña Fausta se desserraient, et que quelque chose de
chaud et de liquide coulait sur les siennes. Elle tomba
ou plutôt glissa sur le plancher, la balle venait de lui
fracasser l'épine du dos; son père l'avait tuée au lieu
de son ravisseur. Don Juan, se sentant libre, s'élança
vers l'escalier, au milieu de la fumée de l'arquebuse.
D'abord il reçut un coup de crosse du père et un coup
d'épée d'un laquais qui le suivit. Mais ni l'un ni
l'autre ne lui firent beaucoup de mal. Mettant l'épée
à la main, il chercha à se frayer un passage et à éteindre

le flambeau que portait le laquais. Effrayé de son air résolu, celui-ci se retira en arrière. Pour don Alonso de Ojeda, homme ardent et intrépide, il se précipita sur don Juan sans hésiter : celui-ci para quelques bottes, et sans doute il n'avait d'abord que l'intention de se défendre; mais l'habitude de l'escrime fait qu'une riposte, après une parade, n'est plus qu'un mouvement machinal et presque involontaire. Au bout d'un instant, le père de doña Fausta poussa un grand soupir et tomba mortellement blessé. Don Juan, trouvant le passage libre, s'élança comme un trait sur l'escalier, de là vers la porte, et en un clin d'œil il fut dans la rue sans être poursuivi des domestiques, qui s'empressaient autour de leur maître expirant. Doña Teresa, accourue au bruit du coup d'arquebuse, avait vu cette horrible scène et était tombée évanouie à côté de son père. Elle ne connaissait encore que la moitié de son malheur.

Don Garcia achevait la dernière bouteille de Montilla lorsque don Juan, pâle, couvert de sang, les yeux égarés, son pourpoint déchiré et son rabat sortant d'un demi-pied de ses limites ordinaires, entra précipitamment dans sa chambre et se jeta tout haletant sur un fauteuil sans pouvoir parler. L'autre comprit à l'instant que quelque accident grave venait d'arriver. Il laissa don Juan respirer péniblement deux ou trois fois, puis il lui demanda des détails; en deux mots il fut au fait. Don Garcia, qui ne perdait pas facilement son flegme habituel, écouta sans sourciller le récit entrecoupé que lui fit son ami. Puis, remplissant un verre et le lui présentant : « Buvez, dit-il, vous en avez besoin. C'est une mauvaise affaire, ajouta-t-il après avoir bu lui-même. Tuer un père est grave... Il y a bien des exemples pourtant, à commencer par le Cid. Le pire, c'est que vous n'avez pas cinq cents hommes, tous habillés de blanc, tous vos cousins, pour vous défendre des archers de Salamanque et des parents du défunt... Occupons-nous d'abord du plus pressé... » Il fit deux ou trois tours dans la chambre comme pour recueillir ses idées.

« Rester à Salamanque, reprit-il, après une semblable esclandre [26], ce serait folie. Ce n'est pas un hobereau que don Alonso de Ojeda, et d'ailleurs les domestiques ont dû vous reconnaître. Admettons pour un moment que vous n'ayez pas été reconnu; vous vous êtes acquis maintenant à l'Université une réputation si avantageuse, qu'on ne manquera pas de vous imputer un méfait anonyme. Tenez, croyez-moi, il faut partir, et le plus tôt, c'est le mieux. Vous êtes devenu ici trois fois plus savant qu'il ne sied à un gentilhomme de bonne maison. Laissez là Minerve, et essayez un peu de Mars [27]; cela vous réussira mieux, car vous avez des dispositions. On se bat en Flandre. Allons tuer des hérétiques; rien n'est plus propre à racheter nos peccadilles en ce monde. Amen! Je finis comme au sermon. »

Le mot de Flandre opéra comme un talisman sur don Juan. Quitter l'Espagne, il croyait que c'était s'échapper à lui-même. Au milieu des fatigues et des dangers de la guerre, il n'aurait pas de loisir pour ses remords! « En Flandre, en Flandre! s'écria-t-il, allons nous faire tuer en Flandre!

— De Salamanque à Bruxelles il y a loin, reprit gravement don Garcia, et dans votre position vous ne pouvez partir trop tôt. Songez que si M. le corrégidor vous attrape, il vous sera bien difficile de faire une campagne ailleurs que sur les galères de Sa Majesté. »

Après s'être concerté quelques instants avec son ami, don Juan se dépouilla promptement de son habit d'étudiant. Il prit une veste de cuir brodé telle qu'en portaient alors les militaires, un grand chapeau rabattu, et n'oublia pas de garnir sa ceinture d'autant de doublons que don Garcia put la charger. Tous ces apprêts ne durèrent que quelques minutes. Il se mit en route à pied, sortit de la ville sans être reconnu, et marcha toute la nuit et toute la matinée suivante, jusqu'à ce que la chaleur du soleil l'obligeât à s'arrêter. A la première ville où il arriva, il s'acheta un cheval, et s'étant joint à une caravane de voyageurs, il parvint sans obstacle à Saragosse. Là il demeura quelques jours sous le nom de don Juan Carrasco. Don Garcia, qui avait quitté Salamanque le lendemain de son départ, prit un autre chemin et le rejoignit à Saragosse. Ils n'y firent pas un long séjour. Après avoir accompli fort à la hâte leurs dévotions à Notre-Dame du pilier [28], non sans lorgner les beautés aragonaises, pourvus chacun d'un bon domestique, ils se rendirent à Barcelone, où ils s'embarquèrent pour Civita-Vecchia. La fatigue, le mal de mer, la nouveauté des sites et la légèreté naturelle de don Juan, tout se réunissait pour qu'il oubliât vite les horribles scènes qu'il laissait derrière lui. Pendant quelques mois, les plaisirs que les deux amis trouvèrent en Italie leur firent négliger le but principal de leur voyage; mais, les fonds commençant à leur manquer, ils se joignirent à un certain nombre de leurs compatriotes, braves comme eux et légers d'argent, et se mirent en route pour l'Allemagne.

Arrivés à Bruxelles, chacun s'enrôla dans la compagnie du capitaine qui lui plut. Les deux amis voulurent faire leurs premières armes dans celle du capitaine don Manuel Gomare, d'abord parce qu'il était Andalou, ensuite parce qu'il passait pour n'exiger de ses soldats que du courage et des armes bien polies et en bon état, fort accommodant d'ailleurs sur la discipline.

Charmé de leur bonne mine, celui-ci les traita bien et selon leurs goûts, c'est-à-dire qu'il les employa dans toutes les occasions périlleuses. La fortune leur fut favorable, et là où beaucoup de leurs camarades trouvèrent la mort, ils ne reçurent pas une blessure et se firent remarquer des généraux. Ils obtinrent chacun une enseigne le même jour. Dès ce moment, se croyant sûrs de l'estime et de l'amitié de leurs chefs, ils avouèrent leurs véritables noms et reprirent leur train de vie ordinaire, c'est-à-dire qu'ils passaient le jour à jouer ou à boire, et la nuit à donner des sérénades aux plus jolies femmes des villes où ils se trouvaient en garnison pendant l'hiver. Ils avaient reçu de leurs parents leur pardon, ce qui les toucha médiocrement, et des lettres de crédit sur des banquiers d'Anvers. Ils en firent bon usage. Jeunes, riches, braves et entreprenants, leurs conquêtes furent nombreuses et rapides. Je ne m'arrêterai pas à les raconter qu'il suffise au lecteur de savoir que, lorsqu'ils voyaient une jolie femme, tous les moyens leur étaient bons pour l'obtenir. Promesses, serments n'étaient qu'un jeu pour ces indignes libertins; et si des frères ou des maris trouvaient à redire à leur conduite, ils avaient pour leur répondre de bonnes épées et des cœurs impitoyables.

La guerre recommença avec le printemps.

Dans une escarmouche qui fut malheureuse pour les Espagnols, le capitaine Gomare fut mortellement blessé. Don Juan, qui le vit tomber, courut à lui et appela quelques soldats pour l'emporter; mais le brave capitaine, rassemblant ce qui lui restait de forces, lui dit : « Laissez-moi mourir ici, je sens que c'est fait de moi. Autant vaut mourir ici qu'une demi-lieue plus loin. Gardez vos soldats; ils vont être assez occupés, car je vois les Hollandais qui s'avancent en force. — Enfants, ajoutait-il en s'adressant aux soldats qui s'empressaient autour de lui, serrez-vous autour de vos enseignes et ne vous inquiétez pas de moi. »

Don Garcia survint en ce moment, et lui demanda s'il n'avait pas quelque dernière volonté qui pût être exécutée après sa mort.

« Que diable voulez-vous que je veuille dans un moment comme celui-ci ?... » Il parut se recueillir quelques instants. « Je n'ai jamais beaucoup songé à la mort, reprit-il, et je ne la croyais pas si prochaine... Je ne serais pas fâché d'avoir auprès de moi quelque prêtre... Mais tous nos moines sont aux bagages... Il est dur pourtant de mourir sans confession !

— Voici mon livre d'heures, dit don Garcia en lui présentant un flacon de vin. Prenez courage. »

Les yeux du vieux soldat devenaient de plus en plus troubles. La plaisanterie de don Garcia ne fut pas remarquée par lui, mais les vieux soldats qui l'entouraient en furent scandalisés.

« Don Juan, dit le moribond, approchez, mon enfant. Venez, je vous fais mon héritier. Prenez cette bourse, elle contient tout ce que je possède; il vaut mieux qu'elle soit à vous qu'à ces excommuniés. La seule chose que je vous demande, c'est de faire dire quelques messes pour le repos de mon âme. »

Don Juan promit en lui serrant la main, tandis que don Garcia lui faisait observer tout bas quelle différence il y avait entre les opinions d'un homme faible

quand il meurt et celles qu'il professe assis devant une
table couverte de bouteilles. Quelques balles venant à
siffler à leurs oreilles leur annoncèrent l'approche des
Hollandais. Les soldats reprirent leurs rangs. Chacun
dit adieu à la hâte au capitaine Gomare, et on ne s'occupa plus que de faire retraite en bon ordre. Cela était
assez difficile avec un ennemi nombreux, un chemin
défoncé par les pluies, et des soldats fatigués d'une
longue marche. Pourtant les Hollandais ne purent les
entamer, et abandonnèrent la poursuite à la nuit sans
avoir pris un drapeau ou fait un seul prisonnier qui ne
fût blessé.

Le soir, les deux amis, assis dans une tente avec
quelques officiers, devisaient de l'affaire à laquelle ils
venaient d'assister. On blâma les dispositions du com-
mandant du jour, et l'on trouva après coup tout ce
qu'il aurait fallu faire. Puis on en vint à parler des
morts et des blessés.

« Pour le capitaine Gomare, dit don Juan, je le
regretterai longtemps. C'était un brave officier, bon
camarade, un véritable père pour ses soldats.

— Oui, dit don Garcia : mais je vous avouerai que
jamais je n'ai été si surpris que lorsque je l'ai vu tant
en peine pour n'avoir pas une robe noire à ses côtés.
Cela ne prouve qu'une chose, c'est qu'il est plus facile
d'être brave en paroles qu'en actions. Tel se moque
d'un danger éloigné qui pâlit quand il s'approche.
A propos, don Juan, puisque vous êtes son héritier,
dites-nous ce qu'il y a dans la bourse qu'il vous a
laissée ? » Don Juan l'ouvrit alors pour la première
fois, et vit qu'elle contenait environ soixante pièces
d'or.

« Puisque nous sommes en fonds, dit don Garcia,
habitué à regarder la bourse de son ami comme la
sienne, pourquoi ne ferions-nous pas une partie de
pharaon [29] au lieu de pleurnicher ainsi en pensant à nos
amis morts ? »

La proposition fut goûtée de tous ; on apporta
quelques tambours que l'on couvrit d'un manteau.
Ils servirent de table de jeu. Don Juan joua le premier,
conseillé par don Garcia ; mais avant de ponter il

tira de sa bourse dix pièces d'or qu'il enveloppa dans
son mouchoir et qu'il mit dans sa poche.

« Que diable voulez-vous en faire ? s'écria don
Garcia. Un soldat thésauriser ! et la veille d'une
affaire !

— Vous savez, don Garcia, que tout cet argent
n'est pas à moi. Don Manuel m'a fait un legs *sub
poenae nomine* [30], comme nous disions à Salamanque.

— La peste soit du fat ! s'écria don Garcia. Je crois,
le diable m'emporte, qu'il a l'intention de donner ces
dix écus au premier curé que nous rencontrerons.

— Pourquoi pas ? Je l'ai promis.

— Taisez-vous ; par la barbe de Mahomet ! vous me
faites honte, et je ne vous reconnais pas. »

Le jeu commença ; les chances furent d'abord
variées ; bientôt elles tournèrent décidément contre
don Juan. En vain, pour rompre la veine, don Garcia
prit les cartes ; au bout d'une heure, tout l'argent qu'ils
possédaient, et de plus les cinquante écus du capitaine
Gomare, étaient passés dans les mains du banquier.
Don Juan voulait aller dormir ; mais don Garcia était
échauffé, il prétendit avoir sa revanche et regagner ce
qu'il avait perdu.

« Allons, monsieur Prudent, dit-il, voyons ces derniers écus que vous avez si bien serrés. Je suis sûr qu'ils
nous porteront bonheur.

— Songez, don Garcia, que j'ai promis !...

— Allons, allons, enfant que vous êtes ! il s'agit bien
de messes à présent. Le capitaine, s'il était ici, aurait
plutôt pillé une église que de laisser passer une carte
sans ponter.

— Voilà cinq écus, dit don Juan. Ne les exposez
pas d'un seul coup.

— Point de faiblesse ! » dit don Garcia. Et il mit les
cinq écus sur un roi. Il gagna, fit paroli, mais perdit
le second coup. « Voyons les cinq derniers ! » s'écria-t-il
pâlissant de colère. Don Juan fit quelques objections
facilement surmontées ; il céda et donna quatre écus
qui aussitôt suivirent les premiers. Don Garcia, jetant
les cartes au nez du banquier, se leva furieux. Il dit à
don Juan : « Vous avez toujours été heureux, vous, et

j'ai entendu dire qu'un dernier écu a un grand pouvoir pour conjurer le sort. »

Don Juan était pour le moins aussi furieux que lui. Il ne pensa plus aux messes ni à son serment. Il mit sur un as le seul écu restant, et le perdit aussitôt.

« Au diable l'âme du capitaine Gomare! s'écria-t-il. Je crois que son argent était ensorcelé!... »

Le banquier leur demanda s'ils voulaient jouer encore; mais, comme ils n'avaient plus d'argent et qu'on fait difficilement crédit à des gens qui s'exposent tous les jours à se faire casser la tête, force leur fut de quitter le jeu et de chercher à se consoler avec les buveurs. L'âme du pauvre capitaine fut tout à fait oubliée.

Quelques jours après, les Espagnols, ayant reçu des renforts, reprirent l'offensive et marchèrent en avant. Ils traversèrent les lieux où l'on s'était battu. Les morts n'étaient pas encore enterrés. Don Garcia et don Juan pressaient leurs chevaux pour échapper à ces cadavres qui choquaient à la fois la vue et l'odorat, lorsqu'un soldat qui les précédait fit un grand cri à la vue d'un corps gisant dans un fossé. Ils s'approchèrent et reconnurent le capitaine Gomare. Il était pourtant presque défiguré. Ses traits déformés et roidis dans d'horribles convulsions prouvaient que ses derniers moments avaient été accompagnés de douleurs atroces. Bien que déjà familiarisé avec de tels spectacles, don Juan ne put s'empêcher de frémir en voyant ce cadavre, dont les yeux ternes et remplis de sang caillé semblaient dirigés vers lui d'un air de menace. Il se rappela les dernières recommandations du pauvre capitaine, et comment il avait négligé de les exécuter. Pourtant, la dureté factice dont il était parvenu à remplir son cœur le délivra bientôt de ces remords; il fit promptement creuser une fosse pour ensevelir le capitaine. Par hasard, un capucin se trouvait là, qui récita quelques prières à la hâte. Le cadavre, aspergé d'eau bénite, fut recouvert de pierres et de terre, et les soldats poursuivirent leur route plus silencieux que de coutume : mais don Juan remarqua un vieil arquebusier qui, après avoir longtemps fouillé dans ses poches, y trouva enfin un écu, qu'il donna au capucin en lui disant : « Voilà pour dire des messes au capitaine Gomare. » Ce jour-là, don Juan donna des preuves d'une bravoure extraordinaire, et s'exposa au feu de l'ennemi avec si peu de ménagement qu'on eût dit qu'il voulait se faire tuer. « On est brave quand on n'a plus le sou », disaient ses camarades.

Peu de temps après la mort du capitaine Gomare, un jeune soldat fut admis comme recrue dans la compagnie où servaient don Juan et don Garcia; il paraissait décidé et intrépide, mais d'un caractère sournois et mystérieux. Jamais on ne le voyait boire ni jouer avec ses camarades; il passait des heures entières assis sur un banc dans le corps de garde, occupé à regarder voler les mouches, ou bien à faire jouer la détente de son arquebuse. Les soldats, qui le raillaient de sa réserve, lui avaient donné le sobriquet de *Modesto*. C'était sous ce nom qu'il était connu dans la compagnie, et ses chefs mêmes ne lui en donnaient pas d'autre.

La campagne finit par le siège de Berg-op-Zoom [31], qui fut, comme on le sait, un des plus meurtriers de cette guerre, les assiégés s'étant défendus avec le dernier acharnement. Une nuit les deux amis se trouvaient ensemble de service à la tranchée, alors tellement rapprochée des murailles de la place que le poste était des plus dangereux. Les sorties des assiégés étaient fréquentes, et leur feu vif et bien dirigé.

La première partie de la nuit se passa en alertes continuelles; ensuite assiégés et assiégeants parurent céder également à la fatigue. De part et d'autre on cessa de tirer, et un profond silence s'établit dans toute la plaine, ou s'il était interrompu, ce n'était que par de rares décharges, qui n'avaient d'autre but que de prouver que si on avait cessé de combattre on continuait néanmoins à faire bonne garde. Il était environ quatre heures du matin; c'est le moment où l'homme qui a veillé éprouve une sensation de froid pénible, accompagnée d'une espèce d'accablement moral, produit par la lassitude physique et l'envie de dormir. Il n'est aucun militaire de bonne foi qui ne convienne qu'en de pareilles dispositions d'esprit et de corps il s'est senti capable de faiblesses dont il a rougi après le lever du soleil.

« Morbleu! s'écria don Garcia en piétinant pour se réchauffer, et serrant son manteau autour de son corps, je sens ma moelle se figer dans mes os; je crois qu'un enfant hollandais me battrait avec une cruche à bière pour toute arme. En vérité, je ne me reconnais plus. Voilà une arquebusade qui vient de me faire tressaillir. Ma foi! si j'étais dévot, il ne tiendrait qu'à moi de prendre l'étrange état où je me trouve pour un avertissement d'en haut. »

Tous ceux qui étaient présents, et don Juan surtout, furent extrêmement surpris de l'entendre parler du ciel, car il ne s'en occupait guère; ou s'il en parlait, c'était pour s'en moquer. S'apercevant que plusieurs souriaient à ces paroles, ranimé par un sentiment de vanité, il s'écria :

« Que personne, au moins, n'aille s'aviser de croire que j'ai peur des Hollandais, de Dieu ou du diable, car nous aurions à la garde montante nos comptes à régler ensemble!

— Passe pour les Hollandais, mais pour Dieu et l'Autre, il est bien permis de les craindre, dit un vieux capitaine à moustaches grises, qui portait un chapelet suspendu à côté de son épée.

— Quel mal peuvent-ils me faire? demanda-t-il; le tonnerre ne porte pas aussi juste qu'une arquebuse protestante.

— Et votre âme? dit le vieux capitaine en se signant à cet horrible blasphème.

— Ah! pour mon âme... il faudrait, avant tout, que je fusse bien sûr d'en avoir une. Qui m'a jamais dit que j'eusse une âme? Les prêtres. Or l'invention de l'âme leur rapporte de si beaux revenus, qu'il n'est pas douteux qu'ils n'en soient les auteurs, de même que les pâtissiers ont inventé les tartes pour les vendre.

— Don Garcia, vous finirez mal, dit le vieux capitaine. Ces propos-là ne doivent pas se tenir à la tranchée.

— A la tranchée comme ailleurs, je dis ce que je

pense. Mais je me tais, car voici mon camarade don
Juan dont le chapeau va tomber, tant ses cheveux se
dressent sur sa tête. Lui ne croit pas seulement à l'âme;
il croit encore aux âmes du purgatoire.

— Je ne suis point un esprit fort, dit don Juan en
riant, et j'envie parfois votre sublime indifférence pour
les choses de l'autre monde; car, je vous l'avouerai,
dussiez-vous vous moquer de moi, il y a des instants
où ce que l'on raconte des damnés me donne des
rêveries désagréables.

— La meilleure preuve du peu de pouvoir du diable,
c'est que vous êtes aujourd'hui debout dans cette
tranchée. Sur ma parole, messieurs, ajouta don Garcia
en frappant sur l'épaule de don Juan, s'il y avait un
diable, il aurait déjà emporté ce garçon-là. Tout jeune
qu'il est, je vous le donne pour un véritable excom-
munié. Il a mis plus de femmes à mal et plus d'hommes
en bière que deux cordeliers et deux braves [32] de
Valence n'auraient pu faire. »

Il parlait encore quand un coup d'arquebuse partit
du côté de la tranchée qui touchait au camp espagnol.
Don Garcia porta la main sur sa poitrine, et s'écria :
« Je suis blessé! » Il chancela, et tomba presque aussitôt. En même temps on vit un homme prendre la fuite,
mais l'obscurité le déroba bientôt à ceux qui le pour-
suivaient.

La blessure de don Garcia parut mortelle. Le coup
avait été tiré de très près, et l'arme était chargée de
plusieurs balles. Mais la fermeté de ce libertin endurci
ne se démentit pas un instant. Il renvoya bien loin ceux
qui lui parlaient de se confesser. Il disait à don Juan :
« Une seule chose me fâche après ma mort, c'est que
les capucins vous persuaderont que c'est un jugement
de Dieu contre moi. Convenez avec moi qu'il n'y a
rien de plus naturel qu'une arquebusade tue un soldat.
Ils disent que le coup a été tiré de notre côté : c'est sans
doute quelque jaloux rancunier qui m'a fait assassiner.
Faites-le pendre haut et court, si vous l'attrapez.
Ecoutez, don Juan, j'ai deux maîtresses à Anvers,
trois à Bruxelles, et d'autres ailleurs que je ne me rappelle guère... ma mémoire se trouble... Je vous les

lègue... faute de mieux... Prenez encore mon épée...
et surtout n'oubliez pas la botte que je vous ai apprise...
Adieu..., et, au lieu de messes, que mes camarades se
réunissent dans une glorieuse orgie après mon enterre-
ment. »

Telles furent à peu près ses dernières paroles. De
Dieu, de l'autre monde, il ne s'en soucia pas plus qu'il
ne l'avait fait étant plein de vie et de force. Il mourut
le sourire sur les lèvres, la vanité lui donnant la force
de soutenir jusqu'au bout le rôle détestable qu'il avait
si longtemps joué. Modesto ne reparut plus. Toute
l'armée fut persuadée qu'il était l'assassin de don Garcia ; mais on se perdait en vaines conjectures sur les
motifs qui l'avaient poussé à ce meurtre.

Don Juan regretta don Garcia plus qu'il n'aurait
fait son frère. Il se disait, l'insensé ! qu'il lui devait
tout. C'était lui qui l'avait initié aux mystères de la
vie, qui avait détaché de ses yeux l'écaille épaisse qui
les couvrait. Qu'étais-je avant de le connaître ? se
demandait-il, et son amour-propre lui disait qu'il était
devenu un être supérieur aux autres hommes. Enfin
tout le mal qu'en réalité lui avait fait la connaissance
de cet athée, il le changeait en bien, et il en était aussi
reconnaissant qu'un disciple doit l'être à l'égard de
son maître.

Les tristes impressions que lui laissa cette mort si
soudaine demeurèrent assez longtemps dans son esprit
pour l'obliger à changer pendant plusieurs mois son
genre de vie. Mais peu à peu il revint à ses anciennes
habitudes, maintenant trop enracinées en lui pour
qu'un accident pût les changer. Il se remit à jouer, à
boire, à courtiser les femmes et à se battre avec les
maris. Tous les jours il avait de nouvelles aventures.
Aujourd'hui montant à une brèche, le lendemain
escaladant un balcon ; le matin ferraillant avec un mari,
le soir buvant avec des courtisanes.

Au milieu de ses débauches, il apprit que son père
venait de mourir ; sa mère ne lui avait survécu que de
quelques jours, en sorte qu'il reçut les deux nouvelles
à la fois. Les hommes d'affaires, d'accord avec son
propre goût, lui conseillaient de retourner en Espagne

et de prendre possession du majorat [33] et des grands
biens dont il venait d'hériter. Depuis longtemps il
avait obtenu sa grâce pour la mort de don Alonso de
Ojeda, le père de doña Fausta, et il regardait cette
affaire comme entièrement terminée. D'ailleurs, il avait
envie de s'exercer sur un plus grand théâtre. Il pensait
aux délices de Séville et aux nombreuses beautés qui
n'attendaient, sans doute, que son arrivée pour se
rendre à discrétion. Quittant donc la cuirasse, il partit
pour l'Espagne. Il séjourna quelque temps à Madrid ;
se fit remarquer dans une course de taureaux par la
richesse de son costume et son adresse à piquer ; il y fit
quelques conquêtes, mais ne s'y arrêta pas longtemps.
Arrivé à Séville, il éblouit petits et grands par son faste
et sa magnificence. Tous les jours il donnait des fêtes
nouvelles où il invitait les plus belles dames de l'Andalousie. Tous les jours nouveaux plaisirs, nouvelles
orgies dans son magnifique palais. Il était devenu le roi
d'une foule de libertins qui, désordonnés et indiscipli-
nables avec tout le monde, lui obéissaient avec cette
docilité qui se trouve trop souvent dans les associations
des méchants. Enfin il n'y avait pas de débauche dans
laquelle il ne se plongeât, et comme un riche vicieux
n'est pas seulement dangereux pour lui-même, son
exemple pervertissait la jeunesse andalouse, qui l'élevait aux nues et le prenait pour modèle. Nul doute que,
si la Providence eût souffert plus longtemps son liber-
tinage, il n'eût fallu une pluie de feu [34] pour faire
justice des désordres et des crimes de Séville. Une maladie, qui retint don Juan dans son lit pendant quelques
jours, ne lui inspira pas de retour sur lui-même ; au
contraire, il ne demandait à son médecin de lui rendre
la santé qu'afin de courir à de nouveaux excès.

Pendant sa convalescence, il s'amusa à dresser une
liste de toutes les femmes qu'il avait séduites et de
tous les maris qu'il avait trompés. La liste était divisée
méthodiquement en deux colonnes. Dans l'une étaient
les noms des femmes et leur signalement sommaire ; à
côté, le nom de leurs maris et leur profession. Il eut
beaucoup de peine à retrouver dans sa mémoire les
noms de toutes ces malheureuses, et il est à croire que

ce catalogue était loin d'être complet. Un jour, il le montra à un de ses amis qui était venu lui rendre visite; et comme en Italie il avait eu les faveurs d'une femme qui osait se vanter d'avoir été la maîtresse d'un pape, la liste commençait par son nom, et celui du pape figurait dans la liste des maris. Venait ensuite un prince régnant, puis des ducs, des marquis, enfin jusqu'à des artisans.

« Vois, mon cher, dit-il à son ami; vois, nul n'a pu m'échapper, depuis le pape jusqu'au cordonnier : il n'y a pas une classe qui ne m'ait fourni sa quote-part. »

Don Torribio, c'était le nom de cet ami, examina le catalogue, et le lui rendit en disant d'un ton de triomphe : « Il n'est pas complet!

— Comment! pas complet ? Qui manque donc à ma liste de maris ?

— Dieu, répondit don Torribio.

— Dieu ? c'est vrai, il n'y a pas de religieuse. Morbleu! je te remercie de m'avoir averti. Eh bien! je te jure ma foi de gentilhomme qu'avant qu'il soit un mois il sera sur ma liste, avant monseigneur le pape, et que je te ferai souper ici avec une religieuse. Dans quel couvent de Séville y a-t-il de jolies nonnes ? »

Quelques jours après, don Juan était en campagne. Il se mit à fréquenter les églises des couvents de femmes, s'agenouillant fort près des grilles qui séparent les épouses du Seigneur du reste des fidèles. Là il jetait ses regards effrontés sur ces vierges timides, comme un loup entré dans une bergerie cherche la brebis la plus grasse pour l'immoler la première. Il eut bientôt remarqué, dans l'église de Notre-Dame du rosaire, une jeune religieuse d'une beauté ravissante, que relevait encore un air de mélancolie répandu sur tous ses traits. Jamais elle ne levait les yeux, ni ne les tournait à droite ou à gauche; elle paraissait entièrement absorbée par le divin mystère qu'on célébrait devant elle. Ses lèvres remuaient doucement, et il était facile de voir qu'elle priait avec plus de ferveur et d'onction que toutes ses compagnes. Sa vue rappela à don Juan d'anciens souvenirs. Il lui sembla qu'il avait vu cette femme ailleurs, mais il lui était impossible de se rap-

peler en quel temps et en quel lieu. Tant de portraits
étaient plus ou moins bien gravés dans sa mémoire,
qu'il lui était impossible de ne pas faire de confusion.
Deux jours de suite il revint dans l'église, se plaçant
toujours près de la grille, sans pouvoir parvenir à faire
lever les yeux à la sœur Agathe. Il avait appris que tel
était son nom.

La difficulté de triompher d'une personne si bien
gardée par sa position et sa modestie ne servait qu'à
irriter les désirs de don Juan. Le point le plus important, et aussi le plus difficile, c'était d'être remarqué.
Sa vanité lui persuadait que s'il pouvait seulement
attirer l'attention de la sœur Agathe, la victoire était
plus qu'à demi gagnée. Voici l'expédient dont il s'avisa
pour obliger cette belle personne à lever les yeux. Il
se plaça aussi près d'elle qu'il lui fut possible, et, profitant du moment de l'élévation, où tout le monde se
prosterne, il passa la main entre les barreaux de la
grille et répandit devant la sœur Agathe le contenu
d'une fiole d'essence qu'il avait apportée. L'odeur
pénétrante qui se développa subitement obligea la
jeune religieuse à lever la tête; et comme don Juan
était placé précisément en face d'elle, elle ne put
manquer de l'apercevoir. D'abord un vif étonnement
se peignit sur tous ses traits, puis elle devint d'une
pâleur mortelle; elle poussa un faible cri et tomba
évanouie sur les dalles. Ses compagnes s'empressèrent
autour d'elle et l'emportèrent dans sa cellule. Don Juan,
en se retirant très content de lui-même, se disait :
Cette religieuse est vraiment charmante; mais plus je
la vois, plus il me semble qu'elle doit figurer déjà dans
mon catalogue!

Le lendemain, il fut exact à se trouver auprès de la
grille à l'heure de la messe. Mais la sœur Agathe n'était
pas à sa place ordinaire, sur le premier rang des religieuses; elle était, au contraire, presque cachée derrière
ses compagnes. Néanmoins, don Juan remarqua qu'elle
regardait souvent à la dérobée. Il en tira un augure
favorable pour sa passion. La petite me craint, pensait-
il... elle s'apprivoisera bientôt. La messe finie, il observa
qu'elle entrait dans un confessionnal; mais, pour y

arriver, elle passa près de la grille, et laissa tomber son chapelet comme par mégarde. Don Juan avait trop d'expérience pour se laisser prendre à cette prétendue distraction. D'abord il pensa qu'il était important pour lui d'avoir ce chapelet ; mais il était de l'autre côté de la grille, et il sentit que pour le ramasser il fallait attendre que tout le monde fût sorti de l'église. Pour attendre ce moment, il s'adossa contre un pilier, dans une attitude méditative, une main placée sur ses yeux, mais les doigts légèrement écartés, en sorte qu'il ne perdait rien des mouvements de la sœur Agathe. Quiconque l'eût vu dans cette posture l'eût pris pour un bon chrétien absorbé dans une pieuse rêverie.

La religieuse sortit du confessionnal et fit quelques pas pour rentrer dans l'intérieur du couvent ; mais elle s'aperçut bientôt ou plutôt elle feignit de s'apercevoir que son chapelet lui manquait. Elle jeta les yeux de tous côtés, et vit qu'il était près de la grille. Elle revint et se baissa pour le ramasser. Dans le moment même, don Juan observa quelque chose de blanc qui passait sous la grille. C'était un très petit papier plié en quatre. Aussitôt la religieuse se retira.

Le libertin, surpris de réussir plus vite qu'il ne s'y était attendu, éprouva une espèce de regret de ne pas rencontrer plus d'obstacles[35]. Tel est à peu près le regret d'un chasseur qui poursuit un cerf, comptant sur une longue et pénible course : tout à coup l'animal tombe, à peine lancé, enlevant ainsi au chasseur le plaisir et le mérite qu'il s'était promis de la poursuite. Toutefois il ramassa promptement le billet, et sortit de l'église pour le lire à son aise. Voici ce qu'il contenait :

« C'est vous, don Juan ? Est-il donc vrai que vous ne m'ayez point oubliée ? J'étais bien malheureuse, mais je commençais à m'habituer à mon sort. Je vais être maintenant cent fois plus malheureuse. Je devrais vous haïr... ; vous avez versé le sang de mon père... ; mais je ne puis vous haïr ni vous oublier. Ayez pitié de moi. Ne revenez plus dans cette église ; vous me faites trop de mal. Adieu, adieu, je suis morte au monde.

                                             TERESA. »

« Ah! c'est la Teresita! se dit don Juan. Je savais bien que je l'avais vue quelque part. » Puis il relut encore le billet. « Je devrais vous haïr. » C'est-à-dire je vous adore. « Vous avez versé le sang de mon père!... » Chimène en disait autant à Rodrigue... « Ne revenez plus dans cette église. » C'est-à-dire je vous attends demain. Fort bien! elle est à moi. Il alla dîner là-dessus.

Le lendemain, il fut ponctuel à se trouver à l'église avec une lettre toute prête dans sa poche; mais sa surprise fut grande de ne pas voir paraître la sœur Agathe. Jamais messe ne lui sembla plus longue. Il était furieux. Après avoir maudit cent fois les scrupules de Teresa, il alla se promener sur les bords du Guadalquivir, pour chercher quelque expédient, et voici celui auquel il s'arrêta.

Le couvent de Notre-Dame du rosaire était renommé parmi ceux de Séville pour les excellentes confitures que les sœurs y préparaient. Il alla au parloir, demanda la tourière [36], et se fit donner la liste de toutes les confitures qu'elle avait à vendre. « N'auriez-vous pas des citrons à la Maraña ? » demanda-t-il de l'air le plus naturel du monde.

« Des citrons à la Maraña, seigneur cavalier ? Voici la première fois que j'entends parler de ces confitures-là.

— Rien n'est plus à la mode pourtant, et je m'étonne que dans une maison comme la vôtre on n'en fasse pas beaucoup.

— Citrons à la Maraña ?

— A la Maraña, répéta don Juan en pesant sur chaque syllabe. Il est impossible que quelqu'une de vos religieuses ne sache pas la recette pour les faire. Demandez, je vous prie, à ces dames si elles ne connaissent pas ces confitures-là. Demain je repasserai. »

Quelques minutes après il n'était question dans tout le couvent que des citrons à la Maraña. Les meilleures confiseuses n'en avaient jamais entendu parler. La sœur Agathe seule savait le procédé. Il fallait ajouter de l'eau de rose, des violettes, etc., à des citrons ordinaires, puis... Elle se chargeait de tout. Don Juan, lorsqu'il revint, trouva un pot de citrons à la Maraña; c'était, à la vérité, un mélange abominable au goût; mais, sous l'enveloppe du pot, se trouvait un billet de la main de Teresa. C'était de nouvelles prières de renoncer à elle et de l'oublier. La pauvre fille cherchait à se tromper elle-même. La religion, la piété filiale et l'amour se disputaient le cœur de cette infortunée; mais il était aisé de s'apercevoir que l'amour était le plus puissant. Le lendemain, don Juan envoya un de ses pages au couvent avec une caisse contenant des citrons qu'il voulait faire confire, et qu'il recommandait particulièrement à la religieuse qui avait préparé les confitures achetées la veille. Au fond de la caisse était adroitement cachée une réponse aux lettres de Teresa. Il lui disait : « J'ai été bien malheureux. C'est une fatalité qui a conduit mon bras. Depuis cette nuit funeste je n'ai cessé de penser à toi. Je n'osais espérer que tu ne me haïrais pas. Enfin je t'ai retrouvée. Cesse de me parler des serments que tu as prononcés. Avant de t'engager au pied des autels, tu m'appartenais. Tu n'as pu disposer de ton cœur qui était à moi... Je viens réclamer un bien que je préfère à la vie. Je périrai ou tu me seras rendue. Demain j'irai te demander au parloir. Je n'ai pas osé m'y présenter avant de t'avoir prévenue. J'ai craint que ton trouble ne nous trahît. Arme-toi de courage. Dis-moi si la tourière peut être gagnée. » Deux gouttes d'eau adroitement jetées sur le papier figuraient des larmes répandues en écrivant.

Quelques heures après, le jardinier du couvent lui apporta une réponse et lui fit offre de ses services. La tourière était incorruptible; la sœur Agathe consentait à descendre au parloir, mais à condition que ce serait pour dire et recevoir un adieu éternel.

La malheureuse Teresa parut au parloir plus morte que vive. Il fallut qu'elle tînt la grille à deux mains pour se soutenir. Don Juan, calme et impassible, savourait avec délices le trouble où il la jetait. D'abord, et pour donner le change à la tourière, il parla d'un air dégagé des amis que Teresa avait laissés à Salamanque, et qui l'avaient chargé de lui porter leurs compliments.

Puis, profitant d'un moment où la tourière s'était éloignée, il dit très bas et très vite à Teresa :

« Je suis résolu à tout tenter pour te tirer d'ici. S'il faut mettre le feu au couvent, je le brûlerai. Je ne veux rien entendre. Tu m'appartiens. Dans quelques jours tu seras à moi, ou je périrai ; mais bien d'autres périront avec moi. »

La tourière se rapprocha. Doña Teresa suffoquait et ne pouvait articuler un mot. Don Juan cependant, d'un ton d'indifférence, parlait de confitures, des travaux d'aiguille qui occupaient les religieuses, promettait à la tourière de lui envoyer des chapelets bénits à Rome, et de donner une robe de brocart pour habiller la sainte patronne de la communauté le jour de sa fête. Après une demi-heure de semblable conversation, il salua Teresa d'un air respectueux et grave la laissant dans un état d'agitation et de désespoir impossible à décrire. Elle courut s'enfermer dans sa cellule, et sa main, plus obéissante que sa langue, traça une longue lettre de reproches, de prières et de lamentations. Mais elle ne pouvait s'empêcher d'avouer son amour, et elle s'excusait de cette faute par la pensée qu'elle l'expiait bien en refusant de se rendre aux prières de son amant. Le jardinier, qui se chargeait de cette correspondance criminelle, apporta bientôt une réponse. Don Juan menaçait toujours de se porter aux dernières extrémités. Il avait cent braves à son service. Le sacrilège ne l'effrayait pas. Il serait heureux de mourir, pourvu qu'il eût serré encore une fois son amie entre ses bras. Que pouvait faire cette faible enfant habituée à céder à un homme qu'elle adorait ? Elle passait les nuits à pleurer, et le jour elle ne pouvait prier, l'image de don Juan la suivait partout ; et même, quand elle accompagnait ses compagnes dans leurs exercices de piété, son corps faisait machinalement les gestes d'une personne qui prie, mais son cœur était tout entier à sa funeste passion.

Au bout de quelques jours elle n'eut plus la force de résister. Elle annonça à don Juan qu'elle était prête à tout. Elle se voyait perdue de toute manière, et elle s'était dit que, mourir pour mourir, il valait mieux avoir auparavant un instant de bonheur. Don Juan, au comble de la joie, prépara tout pour l'enlever. Il choisit une nuit sans lune. Le jardinier porta à Teresa une échelle de soie qui devait lui servir à franchir les murs du couvent. Un paquet contenant un costume de ville serait caché dans un endroit convenu du jardin, car il ne fallait pas songer à sortir dans la rue avec des vêtements de religieuse. Don Juan l'attendrait au pied du mur. A quelque distance, une litière attelée de mules vigoureuses serait préparée pour la mener rapidement dans une maison de campagne. Là elle serait soustraite à toutes les poursuites, elle vivrait tranquille et heureuse avec son amant. Tel était le plan que don Juan traça lui-même. Il fit faire des habits convenables, essaya l'échelle de corde, joignit une instruction sur la manière de l'attacher; enfin il ne négligea rien de ce qui pouvait assurer le succès de son entreprise. Le jardinier était sûr, et il avait trop à gagner à être fidèle pour qu'on pût douter de lui. Au surplus, des mesures étaient prises pour qu'il fût assassiné la nuit d'après l'enlèvement. Enfin il semblait que cette trame était si habilement ourdie que rien ne pût la rompre.

Afin d'éviter les soupçons, don Juan partit pour le château de Maraña deux jours avant celui qu'il avait fixé pour l'enlèvement. C'était dans ce château qu'il avait passé la plus grande partie de son enfance; mais depuis son retour à Séville il n'y était pas entré. Il y arriva à la nuit tombante, et son premier soin fut de bien souper. Ensuite il se fit déshabiller et se mit au lit. Il avait fait allumer dans sa chambre deux grands flambeaux de cire, et sur la table était un livre de contes libertins. Après avoir lu quelques pages, se sentant sur le point de s'endormir, il ferma le livre et éteignit un des flambeaux. Avant d'éteindre le second, il promena avec distraction ses regards par toute la chambre, et tout d'un coup il avisa dans son alcôve le tableau qui représentait les tourments du purgatoire, tableau qu'il avait si souvent considéré dans son enfance. Involontairement ses yeux se reportèrent sur l'homme dont un serpent dévorait les entrailles, et, bien que cette représentation lui inspirât alors encore plus d'horreur qu'autrefois, ils ne pouvaient s'en détacher. En même temps il se rappela la figure du capitaine Gomare et les effroyables contorsions que la mort avait gravées sur ses traits. Cette idée le fit tressaillir, et il sentit ses cheveux se hérisser sur sa tête. Cependant, rappelant son courage, il éteignit la dernière bougie, espérant que l'obscurité le délivrerait des images hideuses qui le persécutaient. L'obscurité augmenta encore sa terreur. Ses yeux se dirigeaient toujours vers le tableau qu'il ne pouvait voir ; mais il lui était tellement familier qu'il se peignait à son imagination aussi nettement que s'il eût été grand jour. Parfois même il lui semblait que les figures s'éclairaient et devenaient lumineuses, comme si le feu du purgatoire, que l'artiste avait peint, eût été une flamme réelle. Enfin son agitation fut si grande qu'il appela à grands cris ses domestiques pour faire enlever le tableau qui lui causait tant de frayeur. Eux entrés dans sa chambre, il eut honte de sa faiblesse. Il pensa que ses gens se moqueraient de lui s'ils venaient à savoir qu'il avait peur d'une peinture. Il se contenta de dire, du son de voix le plus naturel qu'il put prendre, que l'on rallumât les bougies et qu'on le laissât seul. Puis il se remit alors à lire ; mais ses yeux seuls parcouraient le livre, son esprit était au tableau. En proie à une agitation indicible, il passa ainsi une nuit sans sommeil.

Aussitôt que le jour parut il se leva à la hâte et sortit pour aller chasser. L'exercice et l'air frais du matin le calmèrent peu à peu, et les impressions excitées par la vue du tableau avaient disparu lorsqu'il rentra dans son château. Il se mit à table et but beaucoup. Déjà il était un peu étourdi lorsqu'il alla se coucher. Par son ordre un lit lui avait été préparé dans une autre chambre, et l'on pense bien qu'il n'eut garde d'y faire porter le tableau ; mais il en avait gardé le souvenir, qui fut assez puissant pour le tenir encore éveillé pendant une partie de la nuit.

Au reste, ces terreurs ne lui inspirèrent pas le repentir de sa vie passée. Il s'occupait toujours de l'enlèvement qu'il avait projeté ; et, après avoir donné tous les ordres nécessaires à ses domestiques, il partit seul pour Séville par la grande chaleur du jour afin de n'y arriver qu'à la nuit. Effectivement il était nuit noire quand il passa près de la tour del Lloro, où un de ses domestiques l'attendait. Il lui remit son cheval, s'informa si la litière et les mules étaient prêtes. Suivant ses ordres, elles devaient l'attendre dans une rue assez voisine du couvent pour qu'il pût s'y rendre promptement à pied avec Teresa, et cependant pas assez près pour exciter les soupçons de la ronde, si elle venait à les rencontrer. Tout était prêt, ses instructions avaient été exécutées à la lettre. Il vit qu'il avait encore une heure à attendre avant de pouvoir donner le signal convenu à Teresa. Son domestique lui jeta un grand manteau brun sur les épaules, et il entra seul dans Séville par la porte de Triana, se cachant la figure de manière à n'être pas reconnu. La chaleur et la fatigue le forcèrent de s'asseoir sur un banc dans une rue déserte. Là il se mit à siffler et à fredonner les airs qui lui revinrent à la mémoire. De temps en temps, il consultait sa montre et voyait avec chagrin que l'aiguille n'avançait pas au gré de son impatience... Tout à coup une musique lugubre et solennelle vint frapper son oreille. Il distingua d'abord les chants que l'Eglise a consacrés aux enterrements. Bientôt une procession tourna le coin de la rue et s'avança vers lui. Deux longues files de pénitents portant des cierges allumés précédaient une bière couverte de velours noir et portée par plusieurs figures habillées à la mode antique, la barbe blanche et l'épée au côté. La marche était fermée par deux files de pénitents en deuil et portant des cierges comme les premiers. Tout ce convoi s'avançait lentement et gravement. On n'entendait pas le bruit des pas sur le pavé, et l'on eût dit que chaque figure glissait plutôt qu'elle ne marchait. Les plis longs et roides des robes et des manteaux semblaient aussi immobiles que les vêtements de marbre des statues.

A ce spectacle, don Juan éprouva d'abord cette espèce de dégoût que l'idée de la mort inspire à un épicurien. Il se leva et voulut s'éloigner, mais le nombre des pénitents et la pompe du cortège le surprirent et piquèrent sa curiosité. La procession se dirigeant vers une église voisine dont les portes venaient de s'ouvrir avec bruit, don Juan arrêta par la manche une des figures qui portaient des cierges et lui demanda poliment quelle était la personne qu'on allait enterrer. Le pénitent leva la tête : sa figure était pâle et décharnée comme celle d'un homme qui sort d'une longue et douloureuse maladie. Il répondit d'une voix sépulcrale : « C'est le comte don Juan de Maraña. »

Cette étrange réponse fit dresser les cheveux sur la tête de don Juan; mais l'instant d'après il reprit son sang-froid et se mit à sourire. « J'aurai mal entendu, se dit-il, ou ce vieillard se sera trompé. » Il entra dans l'église en même temps que la procession. Les chants funèbres recommencèrent, accompagnés par le son éclatant de l'orgue; et des prêtres vêtus de chapes de deuil entonnèrent le *De profundis*. Malgré ses efforts pour paraître calme, don Juan sentit son sang se figer. S'approchant d'un autre pénitent, il lui dit : « Quel est donc le mort que l'on enterre ? — Le comte don Juan de Maraña », répondit le pénitent d'une voix creuse et effrayante. Don Juan s'appuya contre une colonne pour ne pas tomber. Il se sentait défaillir, et tout son courage l'avait abandonné. Cependant le service continuait, et les voûtes de l'église grossissaient encore les éclats de l'orgue et des voix qui chantaient le terrible *Dies irae*. Il lui semblait entendre les chœurs des anges au jugement dernier. Enfin, faisant un effort, il saisit la main d'un prêtre qui passait près de lui. Cette main était froide comme du marbre.

« Au nom du ciel! mon père, s'écria-t-il, pour qui priez-vous ici, et qui êtes-vous ?

— Nous prions pour le comte don Juan de Maraña, répondit le prêtre en le regardant fixement avec une expression de douleur. Nous prions pour son âme, qui est en péché mortel, et nous sommes des âmes que les messes et les prières de sa mère ont tirées des flammes du purgatoire. Nous payons au fils la dette de la mère; mais cette messe, c'est la dernière qu'il nous est permis de dire pour l'âme du comte don Juan de Maraña. »

En ce moment l'horloge de l'église sonna un coup :

c'était l'heure fixée pour l'enlèvement de Teresa.

« Le temps est venu! s'écria une voix qui partait d'un angle obscur de l'église, le temps est venu! est-il à nous ? »

Don Juan tourna la tête et vit une apparition horrible. Don Garcia, pâle et sanglant, s'avançait avec le capitaine Gomare, dont les traits étaient encore agités d'horribles convulsions. Ils se dirigèrent tous deux vers la bière, et don Garcia, en jetant le couvercle à terre avec violence, répéta : « Est-il à nous ? » En même temps un serpent gigantesque s'éleva derrière lui, et, le dépassant de plusieurs pieds, semblait prêt à s'élancer dans la bière... Don Juan s'écria : « Jésus! » et tomba évanoui sur le pavé.

La nuit était fort avancée lorsque la ronde qui passait aperçut un homme étendu sans mouvement à la porte d'une église. Les archers s'approchèrent, croyant que c'était le cadavre d'un homme assassiné. Ils reconnurent aussitôt le comte de Maraña, et ils essayèrent de le ranimer en lui jetant de l'eau fraîche au visage; mais, voyant qu'il ne reprenait pas connaissance, ils le portèrent à sa maison. Les uns disaient qu'il était ivre, d'autre qu'il avait reçu quelque bastonnade d'un mari jaloux. Personne, ou du moins pas un homme honnête ne l'aimait à Séville, et chacun disait son mot. L'un bénissait le bâton qui l'avait si bien étourdi, l'autre demandait combien de bouteilles pouvaient tenir dans cette carcasse sans mouvement. Les domestiques de don Juan reçurent leur maître des mains des archers et coururent chercher un chirurgien. On lui fit une abondante saignée, et il ne tarda pas à reprendre ses sens. D'abord il ne fit entendre que des mots sans suite, des cris inarticulés, des sanglots et des gémissements. Peu à peu il parut considérer avec attention tous les objets qui l'environnaient. Il demanda où il était, puis ce qu'étaient devenus le capitaine Gomare, don Garcia et la procession. Ses gens le crurent fou. Cependant, après avoir pris un cordial, il se fit apporter un crucifix et le baisa quelque temps en répandant un torrent de larmes. Ensuite il ordonna qu'on lui amenât un confesseur.

La surprise fut générale, tant son impiété était connue. Plusieurs prêtres, appelés par ses gens, refusèrent de se rendre auprès de lui, persuadés qu'il leur préparait quelque méchante plaisanterie. Enfin, un moine dominicain consentit à le voir. On les laissa seuls, et don Juan, s'étant jeté à ses pieds, lui raconta la vision qu'il avait eue; puis il se confessa. En faisant le récit de chacun de ses crimes, il s'interrompait pour demander s'il était possible qu'un aussi grand pécheur que lui obtînt jamais le pardon céleste. Le religieux répondait que la miséricorde de Dieu était infinie. Après l'avoir exhorté à persévérer dans son repentir et lui avoir donné les consolations que la religion ne refuse pas aux plus grands criminels, le dominicain se retira, en lui promettant de revenir le soir. Don Juan passa toute la journée en prières. Lorsque le dominicain revint, il lui déclara que sa résolution était prise de se retirer d'un monde où il avait donné tant de scandale, et de chercher à expier dans les exercices de la pénitence les crimes énormes dont il s'était souillé. Le moine, touché de ses larmes, l'encouragea de son mieux, et, pour reconnaître s'il aurait le courage de suivre sa détermination, il lui fit un tableau effrayant des austérités du cloître. Mais, à chaque mortification qu'il décrivait, don Juan s'écriait que ce n'était rien, et qu'il méritait des traitements bien plus rigoureux.

Dès le lendemain il fit don de la moitié de sa fortune à ses parents, qui étaient pauvres; il en consacra une autre partie à fonder un hôpital et à bâtir une chapelle[37]; il distribua des sommes considérables aux pauvres, et fit dire un grand nombre de messes pour les âmes du purgatoire, surtout pour celles du capitaine Gomare et des malheureux qui avaient succombé en se battant en duel contre lui. Enfin il assembla tous ses amis, et s'accusa devant eux des mauvais exemples qu'il leur avait donnés si longtemps; il leur peignit d'une manière pathétique les remords que lui causait sa conduite passée, et les espérances qu'il osait concevoir pour l'avenir. Plusieurs de ces libertins furent touchés, et s'amendèrent; d'autres, incorrigibles, le quittèrent avec de froides railleries.

Avant d'entrer dans le couvent qu'il avait choisi
pour retraite, don Juan écrivit à doña Teresa. Il lui
avouait ses projets honteux, lui racontait sa vie, sa
conversion, et lui demandait son pardon, l'engageant
à profiter de son exemple et à chercher son salut dans
le repentir. Il confia cette lettre au dominicain après
lui en avoir montré le contenu.

La pauvre Teresa avait longtemps attendu dans le
jardin du couvent le signal convenu ; après avoir passé
plusieurs heures dans une indicible agitation, voyant
que l'aube allait paraître, elle rentra dans sa cellule,
en proie à la plus vive douleur. Elle attribuait l'absence
de don Juan à mille causes toutes bien éloignées de la
vérité. Plusieurs jours se passèrent de la sorte, sans
qu'elle reçût de ses nouvelles et sans qu'aucun message
vînt adoucir son désespoir. Enfin le moine, après avoir
conféré avec la supérieure, obtint la permission de
la voir, et lui remit la lettre de son séducteur repentant.
Tandis qu'elle la lisait, on voyait son front se couvrir
de grosses gouttes de sueur : tantôt elle devenait
rouge comme le feu, tantôt pâle comme la mort. Elle
eut pourtant le courage d'achever cette lecture. Le
dominicain alors essaya de lui peindre le repentir de
don Juan, et de la féliciter d'avoir échappé au danger
épouvantable qui les attendait tous les deux, si leur
projet n'eût pas avorté par une intervention évidente
de la Providence. Mais, à toutes ces exhortations,
doña Teresa s'écriait : « Il ne m'a jamais aimée ! »
Une fièvre ardente s'empara de cette malheureuse ; en
vain les secours de l'art et de la religion lui furent
prodigués : elle repoussa les uns et parut insensible
aux autres. Elle expira au bout de quelques jours en
répétant toujours : « Il ne m'a jamais aimée ! »

Don Juan, ayant pris l'habit de novice, montra que
sa conversion était sincère. Il n'y avait pas de mortifications ou de pénitences qu'il ne trouvât trop douces ;
et le supérieur du couvent était souvent obligé de lui
ordonner de mettre des bornes aux macérations dont
il tourmentait son corps. Il lui représentait qu'ainsi
il abrégerait ses jours, et qu'en réalité il y avait plus
de courage à souffrir longtemps des mortifications

modérées qu'à finir tout d'un coup sa pénitence en
s'ôtant la vie. Le temps du noviciat expiré, don Juan
prononça ses vœux, et continua, sous le nom de frère
Ambroise, à édifier toute la maison par son austérité.
Il portait une haire de crin de cheval par-dessous sa
robe de bure ; une espèce de boîte étroite, moins
longue que son corps, lui servait de lit. Des légumes
cuits à l'eau composaient toute sa nourriture, et ce
n'était que les jours de fête, et sur l'ordre exprès de
son supérieur, qu'il consentait à manger du pain.
Il passait la plus grande partie des nuits à veiller et à
prier, les bras étendus en croix ; enfin il était l'exemple
de cette dévote communauté, comme autrefois il avait
été le modèle des libertins de son âge. Une maladie
épidémique, qui s'était déclarée à Séville, lui fournit
l'occasion d'exercer les vertus nouvelles que sa conversion lui avait données. Les malades étaient reçus dans
l'hôpital qu'il avait fondé ; il soignait les pauvres,
passait les journées auprès de leurs lits, les exhortant,
les encourageant, les consolant. Tel était le danger de
la contagion, que l'on ne pouvait trouver, à prix d'argent, des hommes qui voulussent ensevelir les morts.
Don Juan remplissait ce ministère ; il allait dans les
maisons abandonnées, et donnait la sépulture aux
cadavres en dissolution, qui souvent s'y trouvaient
depuis plusieurs jours. Partout on le bénissait, et
comme pendant cette terrible épidémie il ne fut jamais
malade, quelques gens crédules assurèrent que Dieu
avait fait un nouveau miracle en sa faveur.

Déjà, depuis plusieurs années, don Juan ou frère
Ambroise habitait le cloître, et sa vie n'était qu'une
suite non interrompue d'exercices de piété et de mortifications. Le souvenir de sa vie passée était toujours
présent à sa mémoire, mais ses remords étaient déjà
tempérés par la satisfaction de conscience que lui donnait son changement.

Un jour, après midi, au moment où la chaleur se
fait sentir avec le plus de force, tous les frères du couvent goûtaient quelque repos, suivant l'usage. Le seul
frère Ambroise travaillait dans le jardin, tête nue, au
soleil ; c'était une des pénitences qu'il s'était impo-

sées. Courbé sur sa bêche, il vit l'ombre d'un homme qui s'arrêtait auprès de lui. Il crut que c'était un des moines qui était descendu au jardin, et, tout en continuant sa tâche, il le salua d'un *Ave Maria*. Mais on ne répondit pas. Surpris de voir cette ombre immobile, il leva les yeux et aperçut debout, devant lui, un grand jeune homme couvert d'un manteau qui tombait jusqu'à terre, et la figure à demi cachée par un chapeau ombragé d'une plume blanche et noire. Cet homme le contemplait en silence avec une expression de joie maligne et de profond mépris. Ils se regardèrent fixement tous les deux pendant quelques minutes. Enfin l'inconnu, avançant d'un pas et relevant son chapeau pour montrer ses traits, lui dit : « Me reconnaissez-vous ? »

Don Juan le considéra avec plus d'attention, mais ne le reconnut pas.

« Vous souvenez-vous du siège de Berg-op-Zoom ? demanda l'inconnu. Avez-vous oublié un soldat nommé Modesto ?... »

Don Juan tressaillit. L'inconnu poursuivit froidement...

« Un soldat nommé Modesto, qui tua d'un coup d'arquebuse votre digne ami don Garcia, au lieu de vous qu'il visait ?... Modesto! c'est moi. J'ai encore un autre nom, don Juan : je me nomme don Pedro de Ojeda; je suis le fils de don Alfonso de Ojeda que vous avez tué; — je suis le frère de doña Fausta de Ojeda que vous avez tuée; — je suis le frère de doña Teresa de Ojeda que vous avez tuée.

— Mon frère, dit don Juan en s'agenouillant devant lui, je suis un misérable couvert de crimes. C'est pour les expier que je porte cet habit et que j'ai renoncé au monde. S'il est quelque moyen d'obtenir de vous mon pardon, indiquez-le-moi. La plus rude pénitence ne m'effrayera pas si je puis obtenir que vous ne me maudissiez point. »

Don Pedro sourit amèrement. « Laissons là l'hypocrisie, seigneur de Maraña; je ne pardonne pas. Quant à mes malédictions, elles vous sont acquises. Mais je suis trop impatient pour en attendre l'effet. Je porte

sur moi quelque chose de plus efficace que des malédictions. »

A ces mots, il jeta son manteau et montra qu'il
tenait deux longues rapières de combat. Il les tira du
fourreau et les planta en terre toutes les deux. « Choi-
sissez, don Juan, dit-il. On dit que vous êtes un grand
spadassin, je me pique d'être adroit à l'escrime. Voyons
ce que vous savez faire. »

Don Juan fit le signe de la croix et dit : « Mon
frère, vous oubliez les vœux que j'ai prononcés. Je
ne suis plus le don Juan que vous avez connu, je
suis le frère Ambroise.

— Eh bien! frère Ambroise, vous êtes mon ennemi,
et sous quelque nom que vous portiez je vous hais,
et je veux me venger de vous. »

Don Juan se remit devant lui à genoux.

« Si c'est ma vie que vous voulez prendre, mon
frère, elle est à vous. Châtiez-moi comme vous le
désirez.

— Lâche hypocrite! me crois-tu ta dupe ? Si je
voulais te tuer comme un chien enragé, me serais-je
donné la peine d'apporter ces armes ? Allons, choisis
promptement et défends ta vie.

— Je vous le répète, mon frère, je ne puis combattre,
mais je puis mourir.

— Misérable! s'écria don Pedro en fureur, on
m'avait dit que tu avais du courage. Je vois que tu n'es
qu'un vil poltron!

— Du courage, mon frère ? je demande à Dieu qu'il
m'en donne pour ne pas m'abandonner au désespoir où
me jetterait, sans son secours, le souvenir de mes
crimes. Adieu, mon frère; je me retire, car je vois
bien que ma vue vous aigrit. Puisse mon repentir
vous paraître un jour aussi sincère qu'il l'est en réalité! »

Il faisait quelques pas pour quitter le jardin, lorsque
don Pedro l'arrêta par la manche. « Vous ou moi,
s'écria-t-il, nous ne sortirons pas vivants d'ici. Prenez
une de ces épées, car le diable m'emporte si je crois
un mot de toutes vos jérémiades! »

Don Juan lui jeta un regard suppliant, et fit encore

un pas pour s'éloigner; mais don Pedro le saisissant avec force et le tenant par le collet : « Tu crois donc, meurtrier infâme, que tu pourras te tirer de mes mains! Non! je vais mettre en pièces ta robe hypocrite qui cache le pied fourchu du diable, et alors, peut-être, te sentiras-tu assez de cœur pour te battre avec moi. » En parlant ainsi, il le poussait rudement contre la muraille.

« Seigneur Pedro de Ojeda, s'écria don Juan, tuez-moi si vous le voulez, je ne me battrai pas [38]! » et il croisa les bras, regardant fixement don Pedro d'un air calme, quoique assez fier.

« Oui, je te tuerai, misérable! mais avant je te trai-terai comme un lâche que tu es. »

Et il lui donna un soufflet, le premier que don Juan eût jamais reçu. Le visage de don Juan devint d'un rouge pourpre. La fierté et la fureur de sa jeunesse rentrèrent dans son âme. Sans dire un mot, il s'élança vers une des épées et s'en saisit. Don Pedro prit l'autre et se mit en garde. Tous les deux s'attaquèrent avec fureur et se fendirent l'un sur l'autre à la fois et avec la même impétuosité. L'épée de don Pedro se perdit dans la robe de laine de don Juan et glissa à côté du corps sans le blesser, tandis que celle de don Juan s'enfonça jusqu'à la garde dans la poitrine de son adversaire. Don Pedro expira sur-le-champ. Don Juan, voyant son ennemi étendu à ses pieds, demeura quelque temps immobile à le contempler d'un air stupide. Peu à peu, il revint à lui et reconnut la gran-deur de son nouveau crime. Il se précipita sur le cadavre et essaya de le rappeler à la vie. Mais il avait vu trop de blessures pour douter un moment que celle-là ne fût mortelle. L'épée sanglante était à ses pieds et sem-blait s'offrir à lui pour qu'il se punît lui-même; mais, écartant bien vite cette nouvelle tentation du démon, il courut chez le supérieur et se précipita tout effaré dans sa cellule. Là, prosterné à ses pieds, il lui raconta cette terrible scène en versant un torrent de larmes. D'abord le supérieur ne voulut pas le croire, et sa pre-mière idée fut que les grandes macérations que s'im-posait le frère Ambroise lui avaient fait perdre la

raison. Mais le sang qui couvrait la robe et les mains
de don Juan ne lui permit pas de douter plus longtemps
de l'horrible vérité. C'était un homme rempli de présence d'esprit. Il comprit aussitôt tout le scandale qui
rejaillirait sur le couvent si cette aventure venait à se
répandre dans le public. Personne n'avait vu le duel.
Il s'occupa de le cacher aux habitants mêmes du couvent. Il ordonna à don Juan de le suivre, et, aidé par
lui, transporta le cadavre dans une salle basse dont il
prit la clef. Ensuite, enfermant don Juan dans sa cellule,
il sortit pour aller prévenir le corrégidor.

On s'étonnera peut-être que don Pedro, qui avait
déjà essayé de tuer don Juan en trahison, ait rejeté la
pensée d'un second assassinat, et cherché à se défaire
de son ennemi dans un combat à armes égales; mais
ce n'était de sa part qu'un calcul de vengeance infer-
nale. Il avait entendu parler des austérités de don Juan,
et sa réputation de sainteté était si répandue, que don
Pedro ne doutait point que, s'il l'assassinait, il ne
l'envoyât tout droit dans le ciel. Il espéra qu'en le
provoquant et l'obligeant à se battre, il le tuerait en
péché mortel, et perdrait ainsi son corps et son âme.
On a vu comment ce dessein diabolique tourna contre
son auteur.

Il ne fut pas difficile d'assoupir l'affaire. Le corrégidor s'entendit avec le supérieur du couvent pour
détourner les soupçons. Les autres moines crurent que
le mort avait succombé dans un duel avec un cavalier
inconnu, et qu'il avait été porté blessé dans le couvent,
où il n'avait pas tardé à expirer. Quant à don Juan, je
n'essayerai de peindre ni ses remords ni son repentir.
Il accomplit avec joie toutes les pénitences que le
supérieur lui imposa. Pendant toute sa vie, il conserva,
suspendue au pied de son lit, l'épée dont il avait percé
don Pedro, et jamais il ne la regardait sans prier pour
son âme et pour celles de sa famille. Afin de mater le
reste d'orgueil mondain qui demeurait encore dans son
cœur, l'abbé lui avait ordonné de se présenter chaque
matin au cuisinier du couvent, qui devait lui donner
un soufflet. Après l'avoir reçu, le frère Ambroise ne
manquait jamais de tendre l'autre joue, en remerciant

le cuisinier de l'humilier ainsi. Il vécut encore dix années dans ce cloître, et jamais sa pénitence ne fut interrompue par un retour aux passions de sa jeunesse. Il mourut vénéré comme un saint, même par ceux qui avaient connu ses premiers déportements. Sur son lit de mort il demanda comme une grâce qu'on l'enterrât sous le seuil de l'église, afin qu'en y entrant chacun le foulât aux pieds. Il voulut encore que sur son tombeau on gravât cette inscription : *Ci-gît le pire homme qui fût au monde*. Mais on ne jugea pas à propos d'exécuter toutes les dispositions dictées par son excessive humilité. Il fut enseveli auprès du maître-autel de la chapelle qu'il avait fondée. On consentit, il est vrai, à graver sur la pierre qui couvre sa dépouille mortelle l'inscription qu'il avait composée; mais on y ajouta un récit et un éloge de sa conversion. Son hôpital, et surtout la chapelle où il est enterré, sont visités par tous les étrangers qui passent à Séville. Murillo a décoré la chapelle de plusieurs de ses chefs-d'œuvre. *Le Retour de l'Enfant prodigue* et *la Piscine de Jéricho*, qu'on admire maintenant dans la galerie de M. le maréchal Soult [39], ornaient autrefois les murailles de l'hôpital de la Charité.

CARMEN

Πᾶσα γυνὴ χόλος ἐστίν· ἔχει δ'ἀγαθάς δύο ὥρας
Τήν μίαν ἐν θαλάμῳ, τήν μίαν ἐν θανάτῳ.

Palladas [1].

I

J'avais toujours soupçonné les géographes de ne savoir ce qu'ils disent lorsqu'ils placent le champ de bataille de Munda [2] dans le pays des Bastuli-Pœni, près de la moderne Monda, à quelque deux lieues au nord de Marbella [3]. D'après mes propres conjectures sur le texte de l'anonyme, auteur du *Bellum Hispaniense*, et quelques renseignements recueillis dans l'excellente bibliothèque du duc d'Ossuna, je pensais qu'il fallait chercher aux environs de Montilla [4] le lieu mémorable où, pour la dernière fois, César joua quitte ou double contre les champions de la république. Me trouvant en Andalousie au commencement de l'automne de 1830, je fis une assez longue excursion pour éclaircir les doutes qui me restaient encore. Un mémoire [5] que je publierai prochainement ne laissera plus, je l'espère, aucune incertitude dans l'esprit de tous les archéologues de bonne foi. En attendant que ma dissertation résolve enfin le problème géographique qui tient toute l'Europe savante en suspens, je veux vous raconter une petite histoire, elle ne préjuge rien sur l'intéressante question de l'emplacement de Munda.

J'avais loué à Cordoue un guide et deux chevaux, et m'étais mis en campagne avec les *Commentaires de César* et quelques chemises pour tout bagage. Certain jour, errant dans la partie élevée de la plaine de Cachena, harassé de fatigue, mourant de soif, brûlé par un soleil de plomb, je donnais au diable de bon cœur César et les fils de Pompée, lorsque j'aperçus, assez loin du sentier que je suivais, une petite pelouse verte parsemée de joncs et de roseaux. Cela m'annonçait le voisinage d'une source. En effet, en m'approchant, je vis que la prétendue pelouse était un marécage où se perdait un ruisseau, sortant, comme il semblait, d'une gorge étroite entre deux hauts contreforts de la sierra de Cabra. Je conclus qu'en remontant je trouverais de l'eau plus fraîche, moins de sangsues et de grenouilles, et peut-être un peu d'ombre au milieu des rochers. A l'entrée de la gorge, mon cheval hennit, et un autre cheval, que je ne voyais pas, lui répondit aussitôt. A peine eus-je fait une centaine de pas, que la gorge, s'élargissant tout à coup, me montra une espèce de cirque naturel parfaitement ombragé par la hauteur des escarpements qui l'entouraient. Il était impossible de rencontrer un lieu qui promît au voyageur une halte plus agréable. Au pied de rochers à pic, la source s'élançait en bouillonnant, et tombait dans un petit bassin tapissé d'un sable blanc comme la neige. Cinq à six beaux chênes verts, toujours à l'abri du vent et rafraîchis par la source, s'élevaient sur ses bords, et la couvraient de leur épais ombrage ; enfin, autour du bassin, une herbe fine, lustrée, offrait un lit meilleur qu'on n'en eût trouvé dans aucune auberge à dix lieues à la ronde.

A moi n'appartenait pas l'honneur d'avoir découvert un si beau lieu. Un homme s'y reposait déjà, et sans doute dormait, lorsque j'y pénétrai. Réveillé par les hennissements, il s'était levé, et s'était rapproché de son cheval, qui avait profité du sommeil de son maître pour faire un bon repas de l'herbe aux environs. C'était un jeune gaillard, de taille moyenne, mais d'apparence robuste, au regard sombre et fier. Son teint, qui avait pu être beau, était devenu, par l'action du soleil, plus foncé que ses cheveux. D'une main il tenait le licol de sa monture, de l'autre une espingole [6] de cuivre. J'avouerai que d'abord l'espingole et l'air farouche du porteur me surprirent quelque peu ; mais je ne croyais plus aux voleurs, à force d'en entendre parler et de n'en rencontrer jamais. D'ailleurs, j'avais vu tant d'honnêtes fermiers s'armer jusqu'aux dents pour aller au marché, que la vue d'une arme à feu ne m'autorisait pas à mettre en doute la moralité de l'inconnu. — Et puis, me disais-je, que ferait-il de mes chemises et de mes *Commentaires* Elzevir [7] ? Je saluai donc l'homme à l'espingole d'un signe de tête familier, et je lui demandai en souriant si j'avais troublé son sommeil. Sans me répondre, il me toisa de la tête aux pieds ; puis, comme satisfait de son examen, il considéra avec la même attention mon guide, qui s'avançait. Je vis celui-ci pâlir et s'arrêter en montrant une terreur évidente. Mauvaise rencontre ! me dis-je. Mais la prudence me conseilla aussitôt de ne laisser voir aucune inquiétude. Je mis pied à terre ; je dis au guide de débrider, et, m'agenouillant au bord de la source, j'y plongeai ma tête et mes mains ; puis je bus une bonne gorgée, couché à plat ventre, comme les mauvais soldats de Gédéon [8].

J'observais cependant mon guide et l'inconnu. Le premier s'approchait bien à contrecœur ; l'autre semblait n'avoir pas de mauvais desseins contre nous, car il avait rendu la liberté à son cheval, et son espingole, qu'il tenait d'abord horizontale, était maintenant dirigée vers la terre.

Ne croyant pas devoir me formaliser du peu de cas qu'on avait paru faire de ma personne, je m'étendis sur l'herbe, et d'un air dégagé je demandai à l'homme à l'espingole s'il n'avait pas un briquet sur lui. En même temps je tirais mon étui à cigares. L'inconnu, toujours sans parler, fouilla dans sa poche, prit son briquet, et s'empressa de me faire du feu. Evidemment il s'humanisait ; car il s'assit en face de moi, toutefois sans quitter son arme. Mon cigare allumé, je choisis le meilleur de ceux qui me restaient, et je lui demandai s'il fumait.

— Oui, monsieur, répondit-il. C'étaient les premiers mots qu'il faisait entendre, et je remarquai qu'il ne prononçait pas l's à la manière andalouse [a], d'où je conclus que c'était un voyageur comme moi, moins archéologue seulement.

---

a. Les Andalous aspirent l's, et la confondent dans la prononciation avec le *c* doux et le *z*, que les Espagnols prononcent comme le *th* anglais. Sur le seul mot *Señor* on peut reconnaître un Andalou.

— Vous trouverez celui-ci assez bon, lui dis-je en lui présentant un véritable régalia de la Havane.

Il me fit une légère inclination de tête, alluma son cigare au mien, me remercia d'un autre signe de tête, puis se mit à fumer avec l'apparence d'un très vif plaisir.

— Ah! s'écria-t-il en laissant échapper lentement sa première bouffée par la bouche et les narines, comme il y avait longtemps que je n'avais fumé!

En Espagne, un cigare donné et reçu établit des relations d'hospitalité, comme en Orient le partage du pain et du sel. Mon homme se montra plus causant que je ne l'avais espéré. D'ailleurs, bien qu'il se dît habitant du partido de Montilla, il paraissait connaître le pays assez mal. Il ne savait pas le nom de la charmante vallée où nous nous trouvions; il ne pouvait nommer aucun village des alentours; enfin, interrogé par moi s'il n'avait pas vu aux environs des murs détruits, de larges tuiles à rebords, des pierres sculptées, il confessa qu'il n'avait jamais fait attention à pareilles choses. En revanche, il se montra expert en matière de chevaux. Il critiqua le mien, ce qui n'était pas difficile; puis il me fit la généalogie du sien, qui sortait du fameux haras de Cordoue : noble animal, en effet, si dur à la fatigue, à ce que prétendait son maître, qu'il avait fait une fois trente lieues dans un jour, au galop ou au grand trot. Au milieu de sa tirade, l'inconnu s'arrêta brusquement, comme surpris et fâché d'en avoir trop dit. — C'est que j'étais très pressé d'aller à Cordoue, reprit-il avec quelque embarras. J'avais à solliciter les juges pour un procès... En parlant, il regardait mon guide Antonio, qui baissait les yeux.

L'ombre et la source me charmèrent tellement, que je me souvins de quelques tranches d'excellent jambon que mes amis de Montilla avaient mis dans la besace de mon guide. Je les fis apporter, et j'invitai l'étranger à prendre sa part de la collation impromptue. S'il n'avait pas fumé depuis longtemps, il me parut vraisemblable qu'il n'avait pas mangé depuis quarante-huit heures au moins. Il dévorait comme un loup affamé. Je pensai que ma rencontre avait été providentielle pour le pauvre diable. Mon guide, cependant, mangeait peu, buvait encore moins, et ne parlait pas du tout, bien que depuis le commencement de notre voyage il se fût révélé à moi comme un bavard sans pareil. La présence de notre hôte semblait le gêner, et une certaine méfiance les éloignait l'un de l'autre sans que j'en devinasse positivement la cause.

Déjà les dernières miettes du pain et du jambon avaient disparu; nous avions fumé chacun un second cigare; j'ordonnai au guide de brider nos chevaux, et j'allais prendre congé de mon nouvel ami, lorsqu'il me demanda où je comptais passer la nuit.

Avant que j'eusse fait attention à un signe de mon guide, j'avais répondu que j'allais à la venta [9] del Cuervo.

— Mauvais gîte pour une personne comme vous, monsieur... J'y vais, et, si vous me permettez de vous accompagner, nous ferons route ensemble.

— Très volontiers, dis-je en montant à cheval. Mon guide, qui me tenait l'étrier, me fit un nouveau signe des yeux. J'y répondis en haussant les épaules, comme pour l'assurer que j'étais parfaitement tranquille, et nous nous mîmes en chemin.

Les signes mystérieux d'Antonio, son inquiétude, quelques mots échappés à l'inconnu, surtout sa course de trente lieues et l'explication peu plausible qu'il en avait donnée, avaient déjà formé mon opinion sur le compte de mon compagnon de voyage. Je ne doutai pas que je n'eusse affaire à un contrebandier, peut-être à un voleur; que m'importait? Je connaissais assez le caractère espagnol pour être très sûr de n'avoir rien à craindre d'un homme qui avait mangé et fumé avec moi. Sa présence même était une protection assurée contre toute mauvaise rencontre. D'ailleurs, j'étais bien aise de savoir ce que c'est qu'un brigand. On n'en voit pas tous les jours, et il y a un certain charme à se trouver auprès d'un être dangereux, surtout lorsqu'on le sent doux et apprivoisé.

J'espérais amener par degrés l'inconnu à me faire des confidences, et, malgré les clignements d'yeux de mon guide, je mis la conversation sur les voleurs de grand chemin. Bien entendu que j'en parlai avec respect. Il y avait alors en Andalousie un fameux bandit nommé José-Maria [10], dont les exploits étaient dans toutes les bouches. — Si j'étais à côté de José-Maria ? me disais-je... Je racontai les histoires que je savais de ce héros, toutes à sa louange d'ailleurs, et j'exprimai hautement mon admiration pour sa bravoure et sa générosité.

— José-Maria n'est qu'un drôle, dit froidement l'étranger.

— Se rend-il justice, ou bien est-ce excès de modestie de sa part ? me demandai-je mentalement ; car, à force de considérer mon compagnon, j'étais parvenu à lui appliquer le signalement de José-Maria, que j'avais lu affiché aux portes de mainte ville d'Andalousie. — Oui, c'est bien lui... Cheveux blonds, yeux bleus, grande bouche, belles dents, les mains petites ; une chemise fine, une veste de velours à boutons d'argent, des guêtres de peau blanche, un cheval bai... Plus de doute ! Mais respectons son incognito.

Nous arrivâmes à la venta. Elle était telle qu'il me l'avait dépeinte, c'est-à-dire une des plus misérables que j'eusse encore rencontrées. Une grande pièce servait de cuisine, de salle à manger et de chambre à coucher. Sur une pierre plate, le feu se faisait au milieu de la chambre, et la fumée sortait par un trou pratiqué dans le toit, ou plutôt s'arrêtait, formant un nuage à quelques pieds au-dessus du sol. Le long du mur, on voyait étendues par terre cinq ou six vieilles couvertures de mulets ; c'étaient les lits des voyageurs. A vingt pas de la maison, ou plutôt de l'unique pièce que je viens de décrire, s'élevait une espèce de hangar servant d'écurie. Dans ce charmant séjour, il n'y avait d'autres êtres humains, du moins pour le moment, qu'une vieille femme et une petite fille de dix à douze ans, toutes les deux de couleur de suie et vêtues d'horribles haillons. — Voilà tout ce qui reste, me dis-je, de la population de l'antique Munda Bœtica! O César ! ô Sextus Pompée ! que vous seriez surpris si vous reveniez au monde !

En apercevant mon compagnon, la vieille laissa

échapper une exclamation de surprise. — Ah! seigneur don José! s'écria-t-elle.

Don José fronça le sourcil, et leva une main d'un geste d'autorité qui arrêta la vieille aussitôt. Je me tournai vers mon guide, et, d'un signe imperceptible, je lui fis comprendre qu'il n'avait rien à m'apprendre sur le compte de l'homme avec qui j'allais passer la nuit. Le souper fut meilleur que je ne m'y attendais. On nous servit, sur une petite table haute d'un pied, un vieux coq fricassé avec du riz et force piments, puis des piments à l'huile, enfin du *gaspacho*, espèce de salade de piments. Trois plats ainsi épicés nous obligèrent de recourir souvent à une outre de vin de Montilla qui se trouva délicieux. Après avoir mangé, avisant une mandoline accrochée contre la muraille, il y a partout des mandolines en Espagne, je demandai à la petite fille qui nous servait si elle savait en jouer.

— Non, répondit-elle; mais don José en joue si bien!

— Soyez assez bon, lui dis-je, pour me chanter quelque chose; j'aime à la passion votre musique nationale.

— Je ne puis rien refuser à un monsieur si honnête, qui me donne de si excellents cigares, s'écria don José d'un air de bonne humeur; et, s'étant fait donner la mandoline, il chanta en s'accompagnant. Sa voix était rude, mais pourtant agréable, l'air mélancolique et bizarre; quant aux paroles, je n'en compris pas un mot.

— Si je ne me trompe, lui dis-je, ce n'est pas un air espagnol que vous venez de chanter. Cela ressemble aux *zorzicos*[11] que j'ai entendus dans les *Provinces* [a], et les paroles doivent être en langue basque.

— Oui, répondit don José d'un air sombre. Il posa la mandoline à terre, et, les bras croisés, il se mit à contempler le feu qui s'éteignait, avec une singulière expression de tristesse. Eclairée par une lampe posée sur la petite table, sa figure, à la fois noble et farouche, me rappelait le Satan de Milton[12]. Comme lui peut-

---

a. *Les provinces privilégiées*, jouissant de *fueros* particuliers, c'est-à-dire l'Alava, la Biscaïe, la Guipuzcoa, et une partie de la Navarre. Le basque est la langue du pays.

être, mon compagnon songeait au séjour qu'il avait
quitté, à l'exil qu'il avait encouru par une faute.
J'essayai de ranimer la conversation, mais il ne répondit pas, absorbé qu'il était dans ses tristes pensées.
Déjà la vieille s'était couchée dans un coin de la salle,
à l'abri d'une couverture trouée tendue sur une corde.
La petite fille l'avait suivie dans cette retraite réservée
au beau sexe. Mon guide alors, se levant, m'invita à
le suivre à l'écurie; mais, à ce mot, don José, comme
réveillé en sursaut, lui demanda d'un ton brusque où
il allait.

— A l'écurie, répondit le guide.

— Pour quoi faire? les chevaux ont à manger.
Couche ici, Monsieur le permettra.

— Je crains que le cheval de Monsieur ne soit
malade; je voudrais que Monsieur le vît : peut-être
saura-t-il ce qu'il faut lui faire.

Il était évident qu'Antonio voulait me parler en par-
ticulier; mais je ne me souciais pas de donner des
soupçons à don José, et, au point où nous en étions,
il me semblait que le meilleur parti à prendre était de
montrer la plus grande confiance. Je répondis donc à
Antonio que je n'entendais rien aux chevaux, et que
j'avais envie de dormir. Don José le suivit à l'écurie,
d'où bientôt il revint seul. Il me dit que le cheval n'avait
rien, mais que mon guide le trouvait un animal si précieux, qu'il le frottait avec sa veste pour le faire trans-
pirer, et qu'il comptait passer la nuit dans cette douce
occupation. Cependant, je m'étais étendu sur les couvertures de mulets, soigneusement enveloppé dans mon
manteau, pour ne pas les toucher. Après m'avoir
demandé pardon de la liberté qu'il prenait de se mettre
auprès de moi, dont José se coucha devant la porte,
non sans avoir renouvelé l'amorce de son espingole,
qu'il eut soin de placer sous la besace qui lui servait
d'oreiller. Cinq minutes après nous être mutuellement
souhaité le bonsoir, nous étions l'un et l'autre profondément endormis.

Je me croyais assez fatigué pour pouvoir dormir dans
un pareil gîte; mais, au bout d'une heure, de très désagréables démangeaisons m'arrachèrent à mon premier

somme. Dès que j'en eus compris la nature, je me levai,
persuadé qu'il valait mieux passer le reste de la nuit à
la belle étoile que sous ce toit inhospitalier. Marchant
sur la pointe du pied, je gagnai la porte, j'enjambai
par-dessus la couche de don José, qui dormait du
sommeil du juste, et je fis si bien que je sortis de la maison sans qu'il s'éveillât. Auprès de la porte était un
large banc de bois; je m'étendis dessus, et m'arrangeai
de mon mieux pour achever ma nuit. J'allais fermer les
yeux pour la seconde fois, quand il me sembla voir
passer devant moi l'ombre d'un homme et l'ombre
d'un cheval, marchant l'un et l'autre sans faire le
moindre bruit. Je me mis sur mon séant, et je crus
reconnaître Antonio. Surpris de le voir hors de l'écurie
à pareille heure, je me levai et marchai à sa rencontre.
Il s'était arrêté, m'ayant aperçu d'abord.

— Où est-il? me demanda Antonio à voix basse.

— Dans la venta; il dort; il n'a pas peur des
punaises. Pourquoi donc emmenez-vous ce cheval?

Je remarquai alors que, pour ne pas faire de bruit
en sortant du hangar, Antonio avait soigneusement
enveloppé les pieds de l'animal avec les débris d'une
vieille couverture.

— Parlez plus bas, me dit Antonio, au nom de Dieu!
Vous ne savez pas qui est cet homme-là. C'est José
Navarro, le plus insigne bandit de l'Andalousie. Toute
la journée je vous ai fait des signes que vous n'avez pas
voulu comprendre.

— Bandit ou non, que m'importe? répondis-je; il
ne nous a pas volés, et je parierais qu'il n'en a pas
envie.

— A la bonne heure; mais il y a deux cents ducats [13]
pour qui le livrera. Je sais un poste de lanciers à une
lieue et demie d'ici, et avant qu'il soit jour, j'amènerai
quelques gaillards solides. J'aurais pris son cheval,
mais il est si méchant que nul que le Navarro ne peut
en approcher.

— Que le diable vous emporte! lui dis-je. Quel
mal vous a fait ce pauvre homme pour le dénoncer?
D'ailleurs, êtes-vous sûr qu'il soit le brigand que vous
dites?

— Parfaitement sûr ; tout à l'heure il m'a suivi dans l'écurie et m'a dit : « Tu as l'air de me connaître ; si tu dis à ce bon monsieur qui je suis, je te fais sauter la cervelle. » Restez, Monsieur, restez auprès de lui ; vous n'avez rien à craindre. Tant qu'il vous saura là, il ne se méfiera de rien.

Tout en parlant, nous nous étions déjà assez éloignés de la venta pour qu'on ne pût entendre les fers du cheval. Antonio l'avait débarrassé en un clin d'œil des guenilles dont il lui avait enveloppé les pieds ; il se préparait à enfourcher sa monture. J'essayai prières et menaces pour le retenir.

— Je suis un pauvre diable, Monsieur, me disait-il ; deux cents ducats ne sont pas à perdre, surtout quand il s'agit de délivrer le pays de pareille vermine. Mais prenez garde : si le Navarro se réveille, il sautera sur son espingole, et gare à vous ! Moi, je suis trop avancé pour reculer ; arrangez-vous comme vous pourrez.

Le drôle était en selle ; il piqua des deux, et dans l'obscurité je l'eus bientôt perdu de vue.

J'étais fort irrité contre mon guide et passablement inquiet. Après un instant de réflexion, je me décidai et rentrai dans la venta. Don José dormait encore, réparant sans doute en ce moment les fatigues et les veilles de plusieurs journées aventureuses. Je fus obligé de le secouer rudement pour l'éveiller. Jamais je n'oublierai son regard farouche et le mouvement qu'il fit pour saisir son espingole, que, par mesure de précaution, j'avais mise à quelque distance de sa couche.

— Monsieur, lui dis-je, je vous demande pardon de vous éveiller ; mais j'ai une sotte question à vous faire : seriez-vous bien aise de voir arriver ici une demi-douzaine de lanciers ?

Il sauta en pieds, et d'une voix terrible :

— Qui vous l'a dit ? me demanda-t-il.

— Peu importe d'où vient l'avis, pourvu qu'il soit bon.

— Votre guide m'a trahi, mais il me le payera ? Où est-il ?

— Je ne sais... Dans l'écurie, je pense... mais quel-qu'un m'a dit...

— Qui vous a dit ?... Ce ne peut être la vieille...

— Quelqu'un que je ne connais pas... Sans plus de paroles, avez-vous, oui ou non, des motifs pour ne pas attendre les soldats ? Si vous en avez, ne perdez pas de temps, sinon bonsoir, et je vous demande pardon d'avoir interrompu votre sommeil.

— Ah ! votre guide ! votre guide ! Je m'en étais méfié d'abord... mais... son compte est bon !... Adieu, Monsieur. Dieu vous rende le service que je vous dois. Je ne suis pas tout à fait aussi mauvais que vous me croyez... oui, il y a encore en moi quelque chose qui mérite la pitié d'un galant homme... Adieu, Monsieur... Je n'ai qu'un regret, c'est de ne pouvoir m'acquitter envers vous.

— Pour prix du service que je vous ai rendu, promettez-moi, don José, de ne soupçonner personne, de ne pas songer à la vengeance. Tenez, voilà des cigares pour votre route ; bon voyage ! Et je lui tendis la main.

Il me la serra sans répondre, prit son espingole et sa besace, et, après avoir dit quelques mots à la vieille dans un argot que je ne pus comprendre, il courut au hangar. Quelques instants après, je l'entendais galoper dans la campagne.

Pour moi, je me recouchai sur mon banc, mais je ne me rendormis point. Je me demandais si j'avais eu raison de sauver de la potence un voleur, et peut-être un meurtrier, et cela seulement parce que j'avais mangé du jambon avec lui et du riz à la valencienne. N'avais-je pas trahi mon guide qui soutenait la cause des lois ; ne l'avais-je pas exposé à la vengeance d'un scélérat ? Mais les devoirs de l'hospitalité !... Préjugé de sauvage, me disais-je ; j'aurai à répondre de tous les crimes que le bandit va commettre... Pourtant est-ce un préjugé que cet instinct de conscience qui résiste à tous les raisonnements ? Peut-être, dans la situation délicate où je me trouvais, ne pouvais-je m'en tirer sans remords. Je flottais encore dans la plus grande incertitude au sujet de la moralité de mon action, lorsque je vis paraître une demi-douzaine de cavaliers avec Antonio, qui se tenait prudemment à l'arrière-garde. J'allai au-devant d'eux, et les prévins que le bandit avait pris la fuite depuis plus de deux heures. La vieille, interrogée par le brigadier, répondit qu'elle connaissait le Navarro, mais que, vivant seule, elle n'aurait jamais osé risquer sa vie en le dénonçant. Elle ajouta que son habitude, lorsqu'il venait chez elle, était de partir toujours au milieu de la nuit. Pour moi, il me fallut aller, à quelques lieues de là, exhiber mon passeport et signer une déclaration devant un alcade [14], après quoi on me permit de reprendre mes recherches archéologiques. Antonio me gardait rancune, soupçonnant que c'était moi qui l'avais empêché de gagner les deux cents ducats. Pourtant nous nous séparâmes bons amis à Cordoue ; là, je lui donnai une gratification aussi forte que l'état de mes finances pouvait me le permettre.

II

Je passai quelques jours à Cordoue. On m'avait indiqué certain manuscrit de la bibliothèque des Dominicains, où je devais trouver des renseignements intéressants sur l'antique Munda. Fort bien accueilli par les bons Pères, je passais les journées dans leur couvent, et le soir je me promenais par la ville. A Cordoue, vers le coucher du soleil, il y a quantité d'oisifs sur le quai qui borde la rive droite du Guadalquivir. Là, on respire les émanations d'une tannerie qui conserve encore l'antique renommée du pays pour la préparation des cuirs; mais, en revanche, on y jouit d'un spectacle qui a bien son mérite. Quelques minutes avant l'*angélus*, un grand nombre de femmes se rassemblent sur le bord du fleuve, au bas du quai, lequel est assez élevé. Pas un homme n'oserait se mêler à cette troupe. Aussitôt que l'*angélus* sonne, il est censé qu'il fait nuit. Au dernier coup de cloche, toutes ces femmes se déshabillent et entrent dans l'eau. Alors ce sont des cris, des rires, un tapage infernal. Du haut du quai, les hommes contemplent les baigneuses, écarquillent les yeux, et ne voient pas grand-chose. Cependant ces formes blanches et incertaines qui se dessinent sur le sombre azur du fleuve, font travailler les esprits poétiques, et, avec un peu d'imagination, il n'est pas difficile de se représenter Diane et ses nymphes au bain, sans avoir à craindre le sort d'Actéon [15]. — On m'a dit que quelques mauvais garnements se cotisèrent certain jour, pour graisser la patte au sonneur de la cathédrale et lui faire sonner l'*angélus* vingt minutes avant l'heure

légale. Bien qu'il fît encore grand jour, les nymphes du
Guadalquivir n'hésitèrent pas, et se fiant plus à l'*angélus* qu'au soleil, elles firent en sûreté de conscience leur
toilette de bain, qui est toujours des plus simples. Je
n'y étais pas. De mon temps, le sonneur était incorruptible, le crépuscule peu clair, et un chat seulement
aurait pu distinguer la plus vieille marchande d'oranges
de la plus jolie grisette de Cordoue.

Un soir, à l'heure où l'on ne voit plus rien, je fumais,
appuyé sur le parapet du quai, lorsqu'une femme,
remontant l'escalier qui conduit à la rivière, vint s'asseoir près de moi. Elle avait dans les cheveux un gros
bouquet de jasmin, dont les pétales exhalent le soir
une odeur enivrante. Elle était simplement, peut-être
pauvrement vêtue, tout en noir, comme la plupart des
grisettes dans la soirée. Les femmes comme il faut ne
portent le noir que le matin; le soir, elles s'habillent
à la francesa. En arrivant auprès de moi, ma baigneuse
laissa glisser sur ses épaules la mantille qui lui couvrait
la tête, et, *à l'obscure clarté qui tombe des étoiles* [16], je vis
qu'elle était petite, jeune, bien faite, et qu'elle avait de
très grands yeux. Je jetai mon cigare aussitôt. Elle comprit cette attention d'une politesse toute française, et se
hâta de me dire qu'elle aimait beaucoup l'odeur du
tabac, et que même elle fumait, quand elle trouvait des
papelitos [17] bien doux. Par bonheur, j'en avais de tels
dans mon étui, et je m'empressai de lui en offrir. Elle
daigna en prendre un, et l'alluma à un bout de corde
enflammé qu'un enfant nous apporta moyennant un
sou. Mêlant nos fumées, nous causâmes si longtemps,
la belle baigneuse et moi, que nous nous trouvâmes
presque seuls sur le quai. Je crus n'être point indiscret
en lui offrant d'aller prendre des glaces à la *neveria* [a].
Après une hésitation modeste elle accepta; mais avant
de se décider, elle désira savoir quelle heure il était.
Je fis sonner ma montre, et cette sonnerie parut l'étonner beaucoup. — Quelles inventions on a chez vous,

---

a. Café pourvu d'une glacière, ou plutôt d'un dépôt de neige.
En Espagne, il n'y a guère de village qui n'ait sa *neveria*.

messieurs les étrangers! De quel pays êtes-vous, monsieur? Anglais sans doute *a*?

— Français et votre grand serviteur. Et vous mademoiselle, ou madame, vous êtes probablement de Cordoue?

— Non.

— Vous êtes du moins Andalouse. Il me semble le reconnaître à votre doux parler.

— Si vous remarquez si bien l'accent du monde, vous devez bien deviner qui je suis.

— Je crois que vous êtes du pays de Jésus, à deux pas du paradis.

(J'avais appris cette métaphore, qui désigne l'Andalousie, de mon ami Francisco Sevilla, picador bien connu.)

— Bah! le paradis... les gens d'ici disent qu'il n'est pas fait pour nous.

— Alors, vous seriez donc Moresque, ou... je m'arrêtai, n'osant dire : juive.

— Allons, allons! vous voyez bien que je suis bohémienne; voulez-vous que je vous dise *la baji b*? Avez-vous entendu parler de la Carmencita? C'est moi.

J'étais alors un tel mécréant, il y a de cela quinze ans, que je ne reculai pas d'horreur en me voyant à côté d'une sorcière. — Bon! me dis-je; la semaine passée, j'ai soupé avec un voleur de grands chemins, allons aujourd'hui prendre des glaces avec une servante du diable. En voyage il faut tout voir. J'avais encore un autre motif pour cultiver sa connaissance. Sortant du collège, je l'avouerai à ma honte, j'avais perdu quelque temps à étudier les sciences occultes et même plusieurs fois j'avais tenté de conjurer l'esprit de ténèbres. Guéri depuis longtemps de la passion de semblables recherches, je n'en conservais pas moins un certain attrait de curiosité pour toutes les superstitions, et me

a. En Espagne, tout voyageur qui ne porte pas avec lui des échantillons de calicot ou de soieries passe pour un Anglais, *Inglesito*. Il en est de même en Orient. A Chalcis, j'ai eu l'honneur d'être annoncé comme un Μιλόρδος Φραντζέσος.

b. La bonne aventure.

faisais une fête d'apprendre jusqu'où s'était élevé l'art de la magie parmi les Bohémiens.

Tout en causant, nous étions entrés dans la *neveria*, et nous étions assis à une petite table éclairée par une bougie renfermée dans un globe de verre. J'eus alors tout le loisir d'examiner ma *gitana* pendant que quelques honnêtes gens s'ébahissaient, en prenant leurs glaces, de me voir en si bonne compagnie.

Je doute fort que mademoiselle Carmen fût de race pure, du moins elle était infiniment plus jolie que toutes les femmes de sa nation que j'aie jamais rencontrées. Pour qu'une femme soit belle, il faut, disent les Espagnols, qu'elle réunisse trente *si*, ou, si l'on veut, qu'on puisse la définir au moyen de dix adjectifs applicables chacun à trois parties de sa personne. Par exemple, elle doit avoir trois choses noires : les yeux, les paupières et les sourcils; trois fines, les doigts, les lèvres, les cheveux, etc. Voyez Brantôme pour le reste [18]. Ma bohémienne ne pouvait prétendre à tant de perfections. Sa peau, d'ailleurs parfaitement unie, approchait fort de la teinte du cuivre. Ses yeux étaient obliques, mais admirablement fendus; ses lèvres un peu fortes, mais bien dessinées et laissant voir des dents plus blanches que des amandes sans leur peau. Ses cheveux, peut-être un peu gros, étaient noirs, à reflets bleus comme l'aile d'un corbeau, longs et luisants. Pour ne pas vous fatiguer d'une description trop prolixe, je vous dirai en somme qu'à chaque défaut elle réunissait une qualité qui ressortait peut-être plus fortement par le contraste. C'était une beauté étrange et sauvage, une figure qui étonnait d'abord, mais qu'on ne pouvait oublier. Ses yeux surtout avaient une expression à la fois voluptueuse et farouche que je n'ai trouvée depuis à aucun regard humain. Œil de bohémien, œil de loup, c'est un dicton espagnol qui dénote une bonne observation. Si vous n'avez pas le temps d'aller au jardin des Plantes pour étudier le regard d'un loup, considérez votre chat quand il guette un moineau.

On sent qu'il eût été ridicule de se faire tirer la bonne aventure dans un café. Aussi je priai la jolie sorcière de me permettre de l'accompagner à son domicile; elle y consentit sans difficulté, mais elle voulut connaître encore la marche du temps, et me pria de nouveau de faire sonner ma montre.

— Est-elle vraiment d'or ? dit-elle en la considérant avec une excessive attention.

Quand nous nous remîmes en marche, il était nuit close; la plupart des boutiques étaient fermées et les rues presque désertes. Nous passâmes le pont du Guadalquivir, et à l'extrémité du faubourg nous nous arrêtâmes devant une maison qui n'avait nullement l'apparence d'un palais. Un enfant nous ouvrit. La bohémienne lui dit quelques mots dans une langue à moi inconnue, que je sus depuis être la *rommani* ou *chipe calli*, l'idiome des gitanos. Aussitôt l'enfant disparut, nous laissant dans une chambre assez vaste, meublée d'une petite table, de deux tabourets et d'un coffre. Je ne dois point oublier une jarre d'eau, un tas d'oranges et une botte d'oignons.

Dès que nous fûmes seuls, la bohémienne tira de son coffre des cartes qui paraissaient avoir beaucoup servi, un aimant, un caméléon desséché, et quelques autres objets nécessaires à son art. Puis elle me dit de faire la croix dans ma main gauche avec une pièce de monnaie, et les cérémonies magiques commencèrent. Il est inutile de vous rapporter ses prédictions, et, quant à sa manière d'opérer, il était évident qu'elle n'était pas sorcière à demi.

Malheureusement nous fûmes bientôt dérangés. La porte s'ouvrit tout à coup avec violence, et un homme, enveloppé jusqu'aux yeux dans un manteau brun entra dans la chambre en apostrophant la bohémienne d'une façon peu gracieuse. Je n'entendais pas ce qu'il disait, mais le ton de sa voix indiquait qu'il était de fort mauvaise humeur. A sa vue, la gitana ne montra ni surprise ni colère, mais elle accourut à sa rencontre, et, avec une volubilité extraordinaire, lui adressa quelques phrases dans la langue mystérieuse dont elle s'était déjà servie devant moi. Le mot de *payllo* [19], souvent répété, était le seul mot que je comprisse. Je savais que les bohémiens désignent ainsi tout homme étranger à leur race. Supposant qu'il s'agissait de moi, je m'attendais à une explication délicate; déjà j'avais la main sur le pied d'un des tabourets, et je syllogisais [20] à part moi pour deviner le moment précis où il conviendrait de le jeter à la tête de l'intrus. Celui-ci repoussa rudement la bohémienne, et s'avança vers moi; puis, reculant d'un pas :

— Ah! Monsieur, dit-il, c'est vous!

Je le regardai à mon tour, et reconnus mon ami don José. En ce moment, je regrettais un peu de ne pas l'avoir laissé pendre.

— Eh! c'est vous, mon brave! m'écriai-je en riant le moins jaune que je pus; vous avez interrompu mademoiselle au moment où elle m'annonçait des choses bien intéressantes.

— Toujours la même! Ça finira, dit-il entre ses dents, attachant sur elle un regard farouche.

Cependant la bohémienne continuait à lui parler dans sa langue. Elle s'animait par degrés. Son œil s'injectait de sang et devenait terrible, ses traits se contractaient, elle frappait du pied. Il me sembla qu'elle le pressait vivement de faire quelque chose à quoi il montrait de l'hésitation. Ce que c'était, je croyais ne le comprendre que trop à la voir passer et repasser rapidement sa petite main sous son menton. J'étais tenté de croire qu'il s'agissait d'une gorge à couper, et j'avais quelques soupçons que cette gorge ne fût la mienne.

A tout ce torrent d'éloquence, don José ne répondit que par deux ou trois mots prononcés d'un ton bref. Alors la bohémienne lui lança un regard de profond mépris; puis, s'asseyant à la turque dans un coin de la chambre, elle choisit une orange, la pela et se mit à la manger.

Don José me prit le bras, ouvrit la porte et me conduisit dans la rue. Nous fîmes environ deux cents pas dans le plus profond silence. Puis, étendant la main :

— Toujours tout droit, dit-il, et vous trouverez le pont.

Aussitôt il me tourna le dos et s'éloigna rapidement. Je revins à mon auberge un peu penaud et d'assez mauvaise humeur. Le pire fut qu'en me déshabillant, je m'aperçus que ma montre me manquait.

Diverses considérations m'empêchèrent d'aller la réclamer le lendemain, ou de solliciter M. le corrégidor pour qu'il voulût bien la faire chercher. Je terminai mon travail sur le manuscrit des Dominicains et je partis pour Séville. Après plusieurs mois de courses errantes en Andalousie, je voulus retourner à Madrid, et il me fallut repasser par Cordoue. Je n'avais pas l'intention d'y faire un long séjour, car j'avais pris en grippe cette belle ville et les baigneuses du Guadalquivir. Cependant quelques amis à revoir, quelques commissions à faire devaient me retenir au moins trois ou quatre jours dans l'antique capitale des princes musulmans.

Dès que je reparus au couvent des Dominicains, un des pères qui m'avait toujours montré un vif intérêt dans mes recherches sur l'emplacement de Munda, m'accueillit les bras ouverts, en s'écriant :

— Loué soit le nom de Dieu! Soyez le bienvenu, mon cher ami. Nous vous croyions tous mort, et moi, qui vous parle, j'ai récité bien des *pater* et des *ave*, que je ne regrette pas, pour le salut de votre âme. Ainsi vous n'êtes pas assassiné, car pour volé nous savons que vous l'êtes ?

— Comment cela ? lui demandai-je un peu surpris.

— Oui, vous savez bien, cette belle montre à répétition que vous faisiez sonner dans la bibliothèque, quand nous vous disions qu'il était temps d'aller au chœur. Eh bien! elle est retrouvée, on vous la rendra.

— C'est-à-dire, interrompis-je un peu décontenancé, que je l'avais égarée...

— Le coquin est sous les verrous, et, comme on savait qu'il était homme à tirer un coup de fusil à un chrétien pour lui prendre une piécette, nous mourions de peur qu'il ne vous eût tué. J'irai avec vous chez le corrégidor, et nous vous ferons rendre votre belle montre. Et puis, avisez-vous de dire là-bas que la justice ne sait pas son métier en Espagne!

— Je vous avoue, lui dis-je, que j'aimerais mieux perdre ma montre que de témoigner, en justice pour faire pendre un pauvre diable, surtout parce que... parce que...

— Oh! n'ayez aucune inquiétude; il est bien recommandé, et on ne peut le pendre deux fois. Quand je dis pendre, je me trompe. C'est un hidalgo que votre voleur; il sera donc *garrotté* [21] après-demain sans rémission [a]. Vous voyez qu'un vol de plus ou de moins ne changera rien à son affaire. Plût à Dieu qu'il n'eût que volé! mais il a commis plusieurs meurtres, tous plus horribles les uns que les autres.

— Comment se nomme-t-il?

— On le connaît dans le pays sous le nom de José Navarro; mais il a encore un autre nom basque, que ni vous ni moi ne prononcerons jamais. Tenez, c'est un homme à voir, et vous qui aimez à connaître les singularités du pays, vous ne devez pas négliger d'apprendre comment en Espagne les coquins sortent de ce monde. Il est en chapelle, et le père Martinez vous y conduira.

Mon Dominicain insista tellement pour que je visse les apprêts du « *petit pendement pien choli* » [22], que je ne pus m'en défendre. J'allai voir le prisonnier, muni d'un paquet de cigares qui, je l'espérais, devaient lui faire excuser mon indiscrétion.

On m'introduisit auprès de don José, au moment où il prenait son repas. Il me fit un signe de tête assez froid, et me remercia poliment du cadeau que je lui apportais. Après avoir compté les cigares du paquet que j'avais mis entre ses mains, il en choisit un certain nombre et me rendit le reste, observant qu'il n'avait pas besoin d'en prendre davantage.

Je lui demandai si, avec un peu d'argent, ou par le crédit de mes amis, je pourrais obtenir quelque adoucissement à son sort. D'abord il haussa les épaules en souriant avec tristesse; bientôt, se ravisant, il me pria de faire dire une messe pour le salut de son âme.

— Voudriez-vous, ajouta-t-il timidement, voudriez-vous en faire dire une autre pour une personne qui vous a offensé?

---

a. En 1830, la noblesse jouissait encore de ce privilège. Aujourd'hui, sous le régime constitutionnel, les vilains ont conquis le droit au *garrote*.

— Assurément, mon cher, lui dis-je ; mais personne, que je sache, ne m'a offensé en ce pays.

Il me prit la main et la serra d'un air grave. Après un moment de silence, il reprit :

— Oserai-je encore vous demander un service ?... Quand vous reviendrez dans votre pays, peut-être passerez-vous par la Navarre : au moins vous passerez par Vittoria, qui n'en est pas fort éloignée.

— Oui, lui dis-je, je passerai certainement par Vittoria ; mais il n'est pas impossible que je me détourne pour aller à Pampelune, et, à cause de vous, je crois que je ferais volontiers ce détour.

— Eh bien ! si vous allez à Pampelune, vous y verrez plus d'une chose qui vous intéressera... C'est une belle ville... Je vous donnerai cette médaille (il me montrait une petite médaille d'argent qu'il portait au cou), vous l'envelopperez dans du papier... il s'arrêta un instant pour maîtriser son émotion... et vous la remettrez ou vous la ferez remettre à une bonne femme dont je vous dirai l'adresse. — Vous direz que je suis mort, vous ne direz pas comment.

Je promis d'exécuter sa commission. Je le revis le lendemain, et je passai une partie de la journée avec lui. C'est de sa bouche que j'ai appris les tristes aventures qu'on va lire.

III

Je suis né, dit-il, à Elizondo, dans la vallée de Baztan. Je m'appelle don José Lizarrabengoa, et vous connaissez assez l'Espagne, Monsieur, pour que mon nom vous dise aussitôt que je suis Basque et vieux chrétien. Si je prends le *don*, c'est que j'en ai le droit, et si j'étais à Elizondo, je vous montrerais ma généalogie sur parchemin. On voulait que je fusse d'église, et l'on me fit étudier, mais je ne profitais guère. J'aimais trop à jouer à la paume, c'est ce qui m'a perdu. Quand nous jouons à la paume, nous autres Navarrais, nous oublions tout. Un jour que j'avais gagné, un gars de l'Alava me chercha querelle ; nous prîmes nos *maquilas* [a], et j'eus encore l'avantage ; mais cela m'obligea de quitter le pays. Je rencontrai des dragons, et je m'engageai dans le régiment d'Almanza, cavalerie. Les gens de nos montagnes apprennent vite le métier militaire. Je devins bientôt brigadier, et on me promettait de me faire maréchal des logis, quand, pour mon malheur, on me mit de garde à la manufacture de tabacs à Séville. Si vous êtes allé à Séville, vous aurez vu ce grand bâtiment-là, hors des remparts, près du Guadalquivir. Il me semble en voir encore la porte et le corps de garde auprès. Quand ils sont de service, les Espagnols jouent aux cartes, ou dorment ; moi, comme un franc Navarrais, je tâchais toujours de m'occuper. Je faisais une chaîne avec du fil de laiton, pour tenir mon épinglette [23]. Tout d'un coup, les camarades disent : Voilà

a. Bâtons ferrés des Basques.

la cloche qui sonne ; les filles vont rentrer à l'ouvrage.
Vous saurez, monsieur, qu'il y a bien quatre à cinq
cents femmes occupées dans la manufacture. Ce sont
elles qui roulent les cigares dans une grande salle, où
les hommes n'entrent pas sans une permission du
Vingt-quatre [a], parce qu'elles se mettent à leur aise, les
jeunes surtout, quand il fait chaud. A l'heure où les
ouvrières rentrent, après leur dîner, bien des jeunes
gens vont les voir passer, et leur en content de toutes
les couleurs. Il y a peu de ces demoiselles qui refusent
une mantille de taffetas, et les amateurs, à cette pêche-
là, n'ont qu'à se baisser pour prendre le poisson. Pendant que les autres regardaient, moi, je restais sur mon
banc, près de la porte. J'étais jeune alors ; je pensais
toujours au pays, et je ne croyais pas qu'il y eût de
jolies filles sans jupes bleues et sans nattes tombant sur
les épaules [b]. D'ailleurs, les Andalouses me faisaient
peur ; je n'étais pas encore fait à leurs manières : toujours à railler, jamais un mot de raison. J'étais donc le
nez sur ma chaîne, quand j'entends des bourgeois qui
disaient : Voilà la gitanilla ! Je levai les yeux, et je
la vis. C'était un vendredi [24], et je ne l'oublierai jamais.
Je vis cette Carmen que vous connaissez, chez qui je
vous ai rencontré il y a quelques mois.

Elle avait un jupon rouge fort court qui laissait voir
des bas de soie blancs avec plus d'un trou, et des
souliers mignons de maroquin rouge attachés avec des
rubans couleur de feu. Elle écartait sa mantille afin de
montrer ses épaules et un gros bouquet de cassie qui
sortait de sa chemise. Elle avait encore une fleur de
cassie dans le coin de la bouche, et elle s'avançait en
se balançant sur ses hanches comme une pouliche du
haras de Cordoue. Dans mon pays, une femme en ce
costume aurait obligé le monde à se signer. A Séville,
chacun lui adressait quelque compliment gaillard sur
sa tournure ; elle répondait à chacun, faisant les yeux
en coulisse, le poing sur la hanche, effrontée comme

a. Magistrat chargé de la police et de l'administration muni-
cipale.
b. Costume ordinaire des paysannes de la Navarre et des provinces basques.

une vraie bohémienne qu'elle était. D'abord elle ne me plut pas, et je repris mon ouvrage ; mais elle, suivant l'usage des femmes et des chats qui ne viennent pas quand on les appelle et qui viennent quand on ne les appelle pas, s'arrêta devant moi et m'adressa la parole :

— Compère, me dit-elle à la façon andalouse, veux-tu me donner ta chaîne pour tenir les clefs de mon coffre-fort ?

— C'est pour attacher mon épinglette, lui répondis-je.

— Ton épinglette ! s'écria-t-elle en riant. Ah ! monsieur fait de la dentelle, puisqu'il a besoin d'épingles ! Tout le monde qui était là se mit à rire, et moi je me sentais rougir, et je ne pouvais trouver rien à lui répondre. — Allons, mon cœur, reprit-elle, fais-moi sept aunes de dentelle noire pour une mantille, épinglier de mon âme ! — Et prenant la fleur de cassie qu'elle avait à la bouche, elle me la lança, d'un mouvement du pouce, juste entre les deux yeux. Monsieur, cela me fit l'effet d'une balle qui m'arrivait... Je ne savais où me fourrer, je demeurais immobile comme une planche. Quand elle fut entrée dans la manufacture, je vis la fleur de cassie qui était tombée à terre entre mes pieds ; je ne sais ce qui me prit, mais je la ramassai sans que mes camarades s'en aperçussent et je la mis précieusement dans ma veste. Première sottise !

Deux ou trois heures après, j'y pensais encore, quand arrive dans le corps de garde un portier tout haletant, la figure renversée. Il nous dit que dans la grande salle des cigares il y avait une femme assassinée, et qu'il fallait y envoyer la garde. Le maréchal me dit de prendre deux hommes et d'y aller voir. Je prends mes hommes et je monte. Figurez-vous, monsieur, qu'entré dans la salle je trouve d'abord trois cents femmes en chemise, ou peu s'en faut, toutes criant, hurlant, gesticulant, faisant un vacarme à ne pas entendre Dieu tonner. D'un côté, il y en avait une, les quatre fers en l'air, couverte de sang, avec un X sur la figure qu'on venait de lui marquer en deux coups de couteau. En face de la blessée, que secouraient les meilleures de la bande, je vois Carmen tenue par cinq ou six commères.

La femme blessée criait : Confession! confession! je suis morte! Carmen ne disait rien; elle serrait les dents, et roulait des yeux comme un caméléon. — Qu'est-ce que c'est? demandai-je. J'eus grand-peine à savoir ce qui s'était passé, car toutes les ouvrières me parlaient à la fois. Il paraît que la femme blessée s'était vantée d'avoir assez d'argent en poche pour acheter un âne au marché de Triana. — Tiens, dit Carmen qui avait une langue, tu n'as donc pas assez d'un balai? — L'autre, blessée du reproche, peut-être parce qu'elle se sentait véreuse sur l'article, lui répond qu'elle ne se connaissait pas en balais, n'ayant pas l'honneur d'être bohémienne ni filleule de Satan, mais que mademoiselle Carmencita ferait bientôt connaissance avec son âne, quand M. le corrégidor la mènerait à la promenade avec deux laquais par-derrière pour l'émoucher. — Eh bien, moi, dit Carmen, je te ferai des abreuvoirs à mouches [25] sur la joue, et je veux y peindre un damier [a]. — Là-dessus, vli-vlan! elle commence, avec le couteau dont elle coupait le bout des cigares, à lui dessiner des croix de Saint-André sur la figure.

Le cas était clair; je pris Carmen par le bras : — Ma sœur, lui dis-je poliment, il faut me suivre. — Elle me lança un regard comme si elle me reconnaissait; mais elle dit d'un air résigné : — Marchons. Où est ma mantille? — Elle la mit sur sa tête de façon à ne montrer qu'un seul de ses grands yeux, et suivit mes deux hommes, douce comme un mouton. Arrivés au corps de garde, le maréchal des logis dit que c'était grave, et qu'il fallait la mener à la prison. C'était encore moi qui devais la conduire. Je la mis entre deux dragons et je marchais derrière comme un brigadier doit faire en semblable rencontre. Nous nous mîmes en route pour la ville. D'abord la bohémienne avait gardé le silence; mais dans la rue du Serpent, — vous la connaissez, elle mérite bien son nom par les détours qu'elle fait, — dans la rue du Serpent, elle commence

---

a. Pintar un javeque, peindre un chebec. Les chebecs espagnols ont, pour la plupart, leur bande peinte à carreaux rouges et blancs.

par laisser tomber sa mantille sur ses épaules, afin de me montrer son minois enjôleur, et, se tournant vers moi autant qu'elle pouvait, elle me dit :

— Mon officier, où me menez-vous?

— A la prison, ma pauvre enfant, lui répondis-je le plus doucement que je pus, comme un bon soldat doit parler à un prisonnier, surtout à une femme.

— Hélas! que deviendrai-je? Seigneur officier, ayez pitié de moi. Vous êtes si jeune, si gentil!... Puis, d'un ton plus bas : Laissez-moi m'échapper, dit-elle, je vous donnerai un morceau de la *bar lachi*, qui vous fera aimer de toutes les femmes.

La *bar lachi*, monsieur, c'est la pierre d'aimant, avec laquelle les bohémiens prétendent qu'on fait quantité de sortilèges quand on sait s'en servir. Faites-en boire à une femme une pincée râpée dans un verre de vin blanc, elle ne résiste plus. Moi, je lui répondis le plus sérieusement que je pus :

— Nous ne sommes pas ici pour dire des balivernes; il faut aller à la prison, c'est la consigne, et il n'y a pas de remède.

Nous autres gens du pays basque, nous avons un accent qui nous fait reconnaître facilement des Espagnols; en revanche, il n'y en a pas un qui puisse seulement apprendre à dire *baï, jaona* [a]. Carmen donc n'eut pas de peine à deviner que je venais des provinces. Vous saurez que les bohémiens, monsieur, comme n'étant d'aucun pays, voyageant toujours, parlent toutes les langues, et la plupart sont chez eux en Portugal, en France, dans les provinces, en Catalogne, partout; même avec les Maures et les Anglais, ils se font entendre. Carmen savait assez bien le basque.

— *Laguna, ene bihotsarena*, camarade de mon cœur, me dit-elle tout à coup, êtes-vous du pays?

Notre langue, monsieur, est si belle, que, lorsque nous l'entendons en pays étranger, cela nous fait tressaillir... « Je voudrais avoir un confesseur des provinces », ajouta plus bas le bandit. Il reprit après un silence :

a. Oui, monsieur.

— Je suis d'Elizondo, lui répondis-je en basque, fort ému de l'entendre parler ma langue.

— Moi, je suis d'Etchalar, dit-elle. — C'est un pays à quatre heures de chez nous. — J'ai été emmenée par des bohémiens à Séville. Je travaillais à la manufacture pour gagner de quoi retourner en Navarre, près de ma pauvre mère qui n'a que moi pour soutien, et un petit *barratcea* [a] avec vingt pommiers à cidre. Ah! si j'étais au pays, devant la montagne blanche! On m'a insultée parce que je ne suis pas de ce pays de filous, marchands d'oranges pourries; et ces gueuses se sont mises toutes contre moi, parce que je leur ai dit que tous leurs *jacques* [b] de Séville, avec leurs couteaux, ne feraient pas peur à un gars de chez nous avec son béret bleu et son *maquila*. Camarade, mon ami, ne ferez-vous rien pour une payse?

Elle mentait, monsieur, elle a toujours menti. Je ne sais pas si dans sa vie cette fille-là a jamais dit un mot de vérité; mais, quand elle parlait, je la croyais : c'était plus fort que moi. Elle estropiait le basque, et je la crus Navarraise; ses yeux seuls et sa bouche et son teint la disaient bohémienne. J'étais fou, je ne faisais plus attention à rien. Je pensais que, si des Espagnols s'étaient avisés de mal parler du pays, je leur aurais coupé la figure, tout comme elle venait de faire à sa camarade. Bref, j'étais comme un homme ivre; je commençais à dire des bêtises, j'étais tout près d'en faire.

— Si je vous poussais, et si vous tombiez, mon pays, reprit-elle en basque, ce ne seraient pas ces deux conscrits de Castillans qui me retiendraient...

Ma foi, j'oubliai la consigne et tout, et je lui dis :

— Eh bien, m'amie, ma payse, essayez, et que Notre-Dame de la Montagne vous soit en aide! — En ce moment, nous passions devant une de ces ruelles étroites comme il y en a tant à Séville. Tout à coup Carmen se retourne et me lance un coup de poing dans la poitrine. Je me laissai tomber exprès à la renverse.

---

a. Enclos, jardin.
b. Braves, fanfarons.

D'un bond, elle saute par-dessus moi et se met à courir
en nous montrant une paire de jambes!... On dit jambes
de Basque : les siennes en valaient bien d'autres... aussi
vites que bien tournées. Moi, je me relève aussitôt;
mais je mets ma lance *a* en travers, de façon à barrer la
rue, si bien que, de prime abord, les camarades furent
arrêtés au moment de la poursuivre. Puis je me mis
moi-même à courir, et eux après moi; mais l'atteindre!
il n'y avait pas de risque, avec nos éperons, nos sabres
et nos lances! En moins de temps que je n'en mets à
vous le dire, la prisonnière avait disparu. D'ailleurs,
toutes les commères du quartier favorisaient sa fuite,
et se moquaient de nous, et nous indiquaient la fausse
voie. Après plusieurs marches et contre-marches, il
fallut nous en revenir au corps de garde sans un reçu
du gouverneur de la prison.

Mes hommes, pour n'être pas punis, dirent que
Carmen m'avait parlé basque; et il ne paraissait pas
trop naturel, pour dire la vérité, qu'un coup de poing
d'une tant petite fille eût terrassé si facilement un
gaillard de ma force. Tout cela parut louche, ou plutôt
trop clair. En descendant la garde, je fus dégradé et
envoyé pour un mois à la prison. C'était ma première
punition depuis que j'étais au service. Adieu les galons
de maréchal des logis que je croyais déjà tenir!

Mes premiers jours de prison se passèrent fort
tristement. En me faisant soldat, je m'étais figuré que
je deviendrais tout au moins officier. Longa, Mina,
mes compatriotes, sont bien capitaines généraux; Chapalangarra, qui est un négro [26] comme Mina, et réfugié
comme lui dans votre pays, Chapalangarra était colonel, et j'ai joué à la paume vingt fois avec son frère, qui
était un pauvre diable comme moi. Maintenant je me
disais : Tout le temps que tu as servi sans punition,
c'est du temps perdu. Te voilà mal noté; pour te
remettre bien dans l'esprit des chefs, il te faudra travailler dix fois plus que lorsque tu es venu comme
conscrit! Et pour quoi me suis-je fait punir ? Pour une
coquine de bohémienne qui s'est moquée de moi, et

---

a. Toute la cavalerie espagnole est armée de lances.

qui, dans ce moment, est à voler dans quelque coin de
la ville. Pourtant je ne pouvais m'empêcher de penser
à elle. Le croiriez-vous, monsieur ? ses bas de soie
troués qu'elle me faisait voir tout en plein en s'en-
fuyant, je les avais toujours devant les yeux. Je regar-
dais par les barreaux de la prison dans la rue, et, parmi
toutes les femmes qui passaient, je n'en voyais pas une
seule qui valût cette diable de fille-là. Et puis, malgré
moi, je sentais la fleur de cassie qu'elle m'avait jetée,
et qui, sèche, gardait toujours sa bonne odeur... S'il
y a des sorcières, cette fille-là en était une !

Un jour, le geôlier entre, et me donne un pain d'Alcalà *a*. — Tenez, dit-il, voilà ce que votre cousine
vous envoie. Je pris le pain, fort étonné, car je n'avais
pas de cousine à Séville. C'est peut-être une erreur,
pensai-je en regardant le pain ; mais il était si appétis-
sant, il sentait si bon, que, sans m'inquiéter de savoir
d'où il venait et à qui il était destiné, je résolus de le
manger. En voulant le couper, mon couteau rencontra
quelque chose de dur. Je regarde, et je trouve une
petite lime anglaise qu'on avait glissée dans la pâte
avant que le pain fût cuit. Il y avait encore dans le pain
une pièce d'or de deux piastres. Plus de doute alors,
c'était un cadeau de Carmen. Pour les gens de sa race,
la liberté est tout, et ils mettraient le feu à une ville
pour s'épargner un jour de prison. D'ailleurs, la com-
mère était fine, et avec ce pain-là on se moquait des
geôliers. En une heure, le plus gros barreau était scié
avec la petite lime ; et avec la pièce de deux piastres,
chez le premier fripier, je changeais ma capote d'uniforme pour un habit bourgeois. Vous pensez bien
qu'un homme qui avait déniché maintes fois des aiglons
dans nos rochers ne s'embarrassait guère de descendre
dans la rue, d'une fenêtre haute de moins de trente
pieds ; mais je ne voulais pas m'échapper. J'avais
encore mon honneur de soldat, et déserter me semblait

---

a. Alcalà de los Panaderos, bourg à deux lieues de Séville, où
l'on fait des petits pains délicieux. On prétend que c'est à l'eau
d'Alcalà qu'ils doivent leur qualité et l'on en apporte tous les
jours une grande quantité à Séville.

un grand crime. Seulement, je fus touché de cette marque de souvenir. Quand on est en prison, on aime à penser qu'on a dehors un ami qui s'intéresse à vous. La pièce d'or m'offusquait un peu, j'aurais bien voulu la rendre; mais où trouver mon créancier ? cela ne me semblait pas facile.

Après la cérémonie de la dégradation, je croyais n'avoir plus rien à souffrir; mais il me restait encore une humiliation à dévorer : ce fut à ma sortie de prison, lorsqu'on me commanda de service et qu'on me mit en faction comme un simple soldat. Vous ne pouvez vous figurer ce qu'un homme de cœur éprouve en pareille occasion. Je crois que j'aurais aimé autant à être fusillé. Au moins on marche seul, en avant de son peloton; on se sent quelque chose; le monde vous regarde.

Je fus mis en faction à la porte du colonel. C'était un jeune homme riche, bon enfant, qui aimait à s'amuser. Tous les jeunes officiers étaient chez lui, et force bourgeois, des femmes aussi, des actrices, à ce qu'on disait. Pour moi, il me semblait que toute la ville s'était donné rendez-vous à sa porte pour me regarder. Voilà qu'arrive la voiture du colonel, avec son valet de chambre sur le siège. Qu'est-ce que je vois descendre ?... la gitanilla. Elle était parée, cette fois, comme une châsse, pomponnée, attifée, tout or et tout rubans. Une robe à paillettes, des souliers bleus à paillettes aussi, des fleurs et des galons partout. Elle avait un tambour de basque à la main. Avec elle il y avait deux autres bohémiennes, une jeune et une vieille. Il y a toujours une vieille pour les mener; puis un vieux avec une guitare, bohémien aussi, pour jouer et les faire danser. Vous savez qu'on s'amuse souvent à faire venir des bohémiennes dans les sociétés, afin de leur faire danser la *romalis*, c'est leur danse, et souvent bien autre chose.

Carmen me reconnut, et nous échangeâmes un regard. Je ne sais, mais, en ce moment, j'aurais voulu être à cent pieds sous terre. — *Agur laguna* [a], dit-elle. Mon officier, tu montes la garde comme un conscrit!

a. Bonjour, camarade.

Et, avant que j'eusse trouvé un mot à répondre, elle
était dans la maison.

Toute la société était dans le patio, et, malgré la
foule, je voyais à peu près tout ce qui se passait à travers la grille *a*. J'entendais les castagnettes, le tambour,
les rires et les bravos; parfois j'apercevais sa tête
quand elle sautait avec son tambour. Puis j'entendais
encore des officiers qui lui disaient bien des choses
qui me faisaient monter le rouge à la figure. Ce qu'elle
répondait, je n'en savais rien. C'est de ce jour-là, je
pense, que je me mis à l'aimer pour tout de bon; car
l'idée me vint trois ou quatre fois d'entrer dans le patio,
et de donner de mon sabre dans le ventre à tous ces
freluquets qui lui contaient fleurettes. Mon supplice
dura une bonne heure; puis les bohémiens sortirent, et
la voiture les ramena. Carmen, en passant, me regarda
encore avec les yeux que vous savez, et me dit très bas :
— Pays, quand on aime la bonne friture, on en va
manger à Triana [27], chez Lillas Pastia. Légère comme
un cabri, elle s'élança dans la voiture, le cocher fouetta
ses mules, et toute la bande joyeuse s'en alla je ne
sais où.

Vous devinez bien qu'en descendant ma garde j'allai
à Triana; mais d'abord je me fis raser et je me brossai
comme pour un jour de parade. Elle était chez Lillas
Pastia, un vieux marchand de friture, bohémien, noir
comme un Maure, chez qui beaucoup de bourgeois
venaient manger du poisson frit, surtout, je crois,
depuis que Carmen y avait pris ses quartiers.

— Lillas, dit-elle sitôt qu'elle me vit, je ne fais plus
rien de la journée. Demain il fera jour *b* ! Allons, pays,
allons nous promener.

Elle mit sa mantille devant son nez, et nous voilà
dans la rue, sans savoir où j'allais.

---

a. La plupart des maisons de Séville ont une cour intérieure
entourée de portiques. On s'y tient en été. Cette cour est couverte
d'une toile qu'on arrose pendant le jour et qu'on retire le soir.
La porte de la rue est presque toujours ouverte, et le passage
qui conduit à la cour, *zaguan*, est fermé par une grille en fer très
élégamment ouvragée.

b. Mañana serà otro dia. — Proverbe espagnol.

— Mademoiselle, lui dis-je, je crois que j'ai à vous remercier d'un présent que vous m'avez envoyé quand j'étais en prison. J'ai mangé le pain; la lime me servira pour affiler ma lance, et je la garde comme souvenir de vous; mais l'argent, le voilà.

— Tiens! il a gardé l'argent, s'écria-t-elle en éclatant de rire. Au reste, tant mieux, car je ne suis guère en fonds; mais qu'importe? chien qui chemine ne meurt pas de famine *a*. Allons, mangeons tout. Tu me régales.

Nous avions repris le chemin de Séville. A l'entrée de la rue du Serpent, elle acheta une douzaine d'oranges, qu'elle me fit mettre dans mon mouchoir. Un peu plus loin, elle acheta encore un pain, du saucisson, une bouteille de manzanilla [28]; puis enfin elle entra chez un confiseur. Là, elle jeta sur le comptoir la pièce d'or que je lui avais rendue, une autre encore, qu'elle avait dans sa poche, avec quelque argent blanc; enfin elle me demanda tout ce que j'avais. Je n'avais qu'une piécette et quelques cuartos [29], que je lui donnai, fort honteux de n'avoir pas davantage. Je crus qu'elle voulait emporter toute la boutique. Elle prit tout ce qu'il y avait de plus beau et de plus cher, *yemas b*, *turon c*, fruits confits, tant que l'argent dura. Tout cela, il fallut encore que je le portasse dans des sacs de papier. Vous connaissez peut-être la rue du Candilejo, où il y a une tête du roi don Pedro le Justicier *d* [30]. Elle

a.   Chuquel sos pirela,
                            Cocal terela.
Chien qui marche, os trouve. — Proverbe bohémien.
   b. Jaunes d'œuf sucrés.
   c. Espèce de nougat.
   d. Le roi don Pèdre, que nous nommons *le Cruel*, et que la reine Isabelle la Catholique n'appelait jamais que *le Justicier*, aimait à se promener le soir dans les rues de Séville, cherchant les aventures, comme le calife Haroûn-al-Raschid. Certaine nuit, il se prit de querelle, dans une rue écartée, avec un homme qui donnait une sérénade. On se battit, et le roi tua le cavalier amoureux. Au bruit des épées, une vieille femme mit la tête à la fenêtre, et éclaira la scène avec la petite lampe, *candilejo*, qu'elle tenait à la main. Il faut savoir que le roi don Pèdre, d'ailleurs leste et vigoureux, avait un défaut de conformation singulier. Quand il marchait, ses rotules craquaient fortement. La vieille, à ce craquement, n'eut pas de peine à le reconnaître. Le lendemain, le

aurait dû m'inspirer des réflexions. Nous nous arrêtâmes, dans cette rue-là, devant une vieille maison.
Elle entra dans l'allée, et frappa au rez-de-chaussée.
Une bohémienne, vraie servante de Satan, vint nous
ouvrir. Carmen lui dit quelques mots en romani.
La vieille grogna d'abord. Pour l'apaiser, Carmen lui
donna deux oranges et une poignée de bonbons, et lui
permit de goûter au vin. Puis elle lui mit sa mante sur
le dos et la conduisit à la porte, qu'elle ferma avec la
barre de bois. Dès que nous fûmes seuls, elle se mit à
danser et à rire comme une folle, en chantant : — Tu
es mon *rom*, je suis ta *romi* [a]. — Moi, j'étais au milieu
de la chambre, chargé de toutes ses emplettes, ne
sachant où les poser. Elle jeta tout par terre, et me
sauta au cou, en me disant : — Je paye mes dettes, je
paye mes dettes! c'est la loi des Calés![b] — Ah! monsieur, cette journée-là! cette journée-là!... quand j'y
pense, j'oublie celle de demain.

Le bandit se tut un instant; puis, après avoir rallumé
son cigare, il reprit :

Nous passâmes ensemble toute la journée, mangeant,
buvant, et le reste. Quand elle eut mangé des bonbons
comme un enfant de six ans, elle en fourra des poi-

Vingt-quatre en charge vint faire son rapport au roi. « Sire, on
s'est battu en duel, cette nuit, dans telle rue. Un des combattants
est mort. — Avez-vous découvert le meurtrier ? — Oui, sire.
— Pourquoi n'est-il pas déjà puni ? — Sire, j'attends vos ordres.
— Exécutez la loi. » Or le roi venait de publier un décret portant
que tout duelliste serait décapité, et que sa tête demeurerait
exposée sur le lieu du combat. Le Vingt-quatre se tira d'affaire
en homme d'esprit. Il fit scier la tête d'une statue du roi, et l'exposa dans une niche au milieu de la rue, théâtre du meurtre.
Le roi et tous les Sévillans le trouvèrent fort bon. La rue prit
son nom de la lampe de la vieille, seul témoin de l'aventure. —
Voilà la tradition populaire. Zuñiga raconte l'histoire un peu
différemment. (Voir *Anales de Sevilla*, t. II, p. 136.) Quoi qu'il
en soit, il existe encore à Séville une rue du Candilejo, et dans
cette rue un buste de pierre qu'on dit être le portrait de don Pèdre.
Malheureusement, ce buste est moderne. L'ancien était fort usé
au XVIIe siècle, et la municipalité d'alors le fit remplacer par celui
qu'on voit aujourd'hui.

a. Rom, mari; *romi*, femme.

b. Calo; féminin, *calli;* pluriel, *calés*. Mot à mot : *noir*, nom
que les bohémiens se donnent dans leur langue.

gnées dans la jarre d'eau de la vieille. — C'est pour lui
faire du sorbet, disait-elle. Elle écrasait des yemas en
les lançant contre la muraille. — C'est pour que les
mouches nous laissent tranquilles, disait-elle... Il n'y a
pas de tour ni de bêtise qu'elle ne fît. Je lui dis que je
voudrais la voir danser; mais où trouver des castagnettes ? Aussitôt elle prend la seule assiette de la
vieille, la casse en morceaux, et la voilà qui danse la
romalis en faisant claquer les morceaux de faïence aussi
bien que si elle avait eu des castagnettes d'ébène ou
d'ivoire. On ne s'ennuyait pas auprès de cette fille-là,
je vous en réponds. Le soir vint, et j'entendis les tambours qui battaient la retraite.

— Il faut que j'aille au quartier pour l'appel, lui
dis-je.

— Au quartier ? dit-elle d'un air de mépris; tu es
donc un nègre, pour te laisser mener à la baguette ?
Tu es un vrai canari, d'habit et de caractère [a]. Va, tu as
un cœur de poulet. Je restai, résigné d'avance à la salle
de police. Le matin, ce fut elle qui parla la première de
nous séparer. — Ecoute, Joseito, dit-elle; t'ai-je payé ?
D'après notre loi, je ne te devais rien, puisque tu es
un *payllo;* mais tu es un joli garçon, et tu m'as plu.
Nous sommes quittes. Bonjour.

Je lui demandai quand je la reverrais.

— Quand tu seras moins niais, répondit-elle en
riant. Puis, d'un ton plus sérieux : Sais-tu, mon fils, que
je crois que je t'aime un peu ? Mais cela ne peut durer.
Chien et loup ne font pas longtemps bon ménage.
Peut-être que, si tu prenais la loi d'Egypte, j'aimerais
à devenir ta romi. Mais, ce sont des bêtises : cela ne se
peut pas. Bah! mon garçon, crois-moi, tu en es quitte
à bon compte. Tu as rencontré le diable, oui, le diable;
il n'est pas toujours noir, et il ne t'a pas tordu le cou.
Je suis habillée de laine, mais je ne suis pas mouton [b].
Va mettre un cierge devant ta *majari* [c]; elle l'a bien

a. Les dragons espagnols sont habillés de jaune.
b. *Me dicas viardâ de jorpoy, bus ne sino braco.* — Proverbe
bohémien.
c. La sainte, — la sainte Vierge.

gagné. Allons, adieu encore une fois. Ne pense plus à Carmencita, ou elle te ferait épouser une veuve à jambes de bois [31][a].

En parlant ainsi, elle défaisait la barre qui fermait la porte, et une fois dans la rue elle s'enveloppa dans sa mantille et me tourna les talons.

Elle disait vrai. J'aurais été sage de ne plus penser à elle; mais, depuis cette journée dans la rue du Candilejo, je ne pouvais plus songer à autre chose. Je me promenais tout le jour, espérant la rencontrer. J'en demandais des nouvelles à la vieille et au marchand de friture. L'un et l'autre répondaient qu'elle était partie pour Laloro [b], c'est ainsi qu'ils appellent le Portugal. Probablement c'était d'après les instructions de Carmen qu'ils parlaient de la sorte, mais je ne tardai pas à savoir qu'ils mentaient. Quelques semaines après ma journée de la rue du Candilejo, je fus de faction à une des portes de la ville. A peu de distance de cette porte, il y avait une brèche qui s'était faite dans le mur d'enceinte; on y travaillait pendant le jour, et la nuit on y mettait un factionnaire pour empêcher les fraudeurs. Pendant le jour, je vis Lillas Pastia passer et repasser autour du corps de garde, et causer avec quelques-uns de mes camarades; tous le connaissaient, et ses poissons et ses beignets encore mieux. Il s'approcha de moi et me demanda si j'avais des nouvelles de Carmen.

— Non, lui dis-je.

— Eh bien, vous en aurez, compère.

Il ne se trompait pas. La nuit, je fus mis de faction à la brèche. Dès que le brigadier se fut retiré, je vis venir à moi une femme. Le cœur me disait que c'était Carmen. Cependant je criai : Au large! on ne passe pas!

— Ne faites donc pas le méchant, me dit-elle en se faisant connaître à moi.

— Quoi! vous voilà, Carmen!

— Oui, mon pays. Parlons peu, parlons bien. Veux-

_____

a. La potence, qui est veuve du dernier pendu.
b. La (terre) rouge.

tu gagner un douro [32] ? Il va venir des gens avec des paquets ; laisse-les faire.

— Non, répondis-je. Je dois les empêcher de passer ; c'est la consigne.

— La consigne ! la consigne ! Tu n'y pensais pas rue du Candilejo.

— Ah ! répondis-je, tout bouleversé par ce seul souvenir, cela valait bien la peine d'oublier la consigne ; mais je ne veux pas de l'argent des contrebandiers.

— Voyons, si tu ne veux pas d'argent, veux-tu que nous allions encore dîner chez la vieille Dorothée ?

— Non ! dis-je à moitié étranglé par l'effort que je faisais. Je ne puis pas.

— Fort bien. Si tu es si difficile, je sais à qui m'adresser. J'offrirai à ton officier d'aller chez Dorothée. Il a l'air d'un bon enfant, et il fera mettre en sentinelle un gaillard qui ne verra que ce qu'il faudra voir. Adieu, canari. Je rirai bien le jour où la consigne sera de te pendre.

J'eus la faiblesse de la rappeler, et je promis de laisser passer toute la bohème, s'il le fallait, pourvu que j'obtinsse la seule récompense que je désirais. Elle me jura aussitôt de me tenir parole dès le lendemain, et courut prévenir ses amis, qui étaient à deux pas. Il y en avait cinq, dont était Pastia, tous bien chargés de marchandises anglaises. Carmen faisait le guet. Elle devait avertir avec ses castagnettes dès qu'elle apercevrait la ronde, mais elle n'en eut pas besoin. Les fraudeurs firent leur affaire en un instant.

Le lendemain, j'allai rue du Candilejo. Carmen se fit attendre, et vint d'assez mauvaise humeur. — Je n'aime pas les gens qui se font prier, dit-elle. Tu m'as rendu un plus grand service la première fois, sans savoir si tu y gagnerais quelque chose. Hier, tu as marchandé avec moi. Je ne sais pas pourquoi je suis venue, car je ne t'aime plus. Tiens, va-t'en, voilà un douro pour ta peine. — Peu s'en fallut que je ne lui jetasse la pièce à la tête, et je fus obligé de faire un effort violent sur moi-même pour ne pas la battre. Après nous être disputés pendant une heure, je sortis furieux. J'errai quelque temps par la ville, marchant deçà et delà comme un fou; enfin j'entrai dans une église, et, m'étant mis dans le coin le plus obscur, je pleurai à chaudes larmes. Tout d'un coup j'entends une voix : — Larmes de dragon [33]! j'en veux faire un philtre. — Je lève les yeux, c'était Carmen en face de moi. — Eh bien, mon pays, m'en voulez-vous encore ? me dit-elle. Il faut bien que je vous aime, malgré que j'en aie, car, depuis que vous m'avez quittée, je ne sais ce que j'ai. Voyons, maintenant c'est moi qui te demande si tu veux venir rue du Candilejo. — Nous fîmes donc la paix; mais Carmen avait l'humeur comme est le temps chez nous. Jamais l'orage n'est si près dans nos montagnes que lorsque le soleil est le plus brillant. Elle m'avait promis de me revoir une autre fois chez Dorothée, et elle ne vint pas. Et Dorothée me dit de plus belle qu'elle était allée à Laloro pour les affaires d'Egypte [34].

Sachant déjà par expérience à quoi m'en tenir là-dessus, je cherchais Carmen partout où je croyais qu'elle pouvait être, et je passais vingt fois par jour dans la rue du Candilejo. Un soir, j'étais chez Dorothée, que j'avais presque apprivoisée en lui payant de temps à autre quelque verre d'anisette, lorsque Carmen entra suivie d'un jeune homme, lieutenant dans notre régiment. — Va-t'en, vite me dit-elle en basque. — Je restai stupéfait, la rage dans le cœur. — Qu'est-ce que tu fais ici ? me dit le lieutenant. Décampe, hors d'ici! — Je ne pouvais faire un pas; j'étais comme perclus. L'officier, en colère, voyant que je ne me retirais pas, et que je n'avais pas même ôté mon bonnet de police, me prit au collet et me secoua rudement. Je ne sais ce que je lui dis. Il tira son épée, et je dégainai. La vieille me saisit le bras, et le lieutenant me donna un coup au front, dont je porte encore la marque. Je reculai, et d'un coup de coude je jetai Dorothée à la renverse; puis, comme le lieutenant me poursuivait, je lui mis la pointe au corps, et il s'enferra. Carmen alors éteignit la lampe, et dit dans sa langue à Dorothée de s'enfuir. Moi-même je me sauvai dans la rue, et me mis à courir sans savoir où. Il me semblait que quelqu'un me suivait. Quand je revins à moi, je trouvai que Carmen ne m'avait pas quitté. — Grand niais de canari! me dit-elle, tu ne sais faire que des bêtises. Aussi bien, je te l'ai dit que je te porterais malheur. Allons, il y a remède à tout, quand on a pour bonne amie une Flamande de Rome [a]. Commence par mettre ce mouchoir sur ta tête, et jette-moi ce ceinturon. Attends-moi dans cette allée. Je reviens dans deux minutes. — Elle disparut, et me rapporta bientôt une mante rayée qu'elle était allée chercher je ne sais où. Elle me fit quitter mon uniforme, et mettre la mante par-dessus ma chemise. Ainsi accoutré, avec le mouchoir dont elle avait bandé la plaie que j'avais à la tête, je ressemblais assez à un paysan valencien, comme il y en a à Séville, qui viennent vendre leur orgeat de *chufas* [b]. Puis elle me mena dans une maison assez semblable à celle de Dorothée, au fond d'une petite ruelle. Elle et une autre bohémienne me lavèrent, me pansèrent mieux que n'eût pu le faire un chirurgien-major, me firent boire je ne sais quoi; enfin, on me mit sur un matelas, et je m'endormis.

Probablement ces femmes avaient mêlé dans ma boisson quelques-unes de ces drogues assoupissantes dont elles ont le secret, car je ne m'éveillai que fort tard le lendemain. J'avais un grand mal de tête et un peu de fièvre. Il fallut quelque temps pour que le souvenir me revînt de la terrible scène où j'avais pris part la veille. Après avoir pansé ma plaie, Carmen et son amie, accroupies toutes les deux sur les talons auprès de mon matelas, échangèrent quelques mots en *chipe calli*, qui paraissaient être une consultation médicale. Puis toutes les deux m'assurèrent que je serais guéri avant peu, mais qu'il fallait quitter Séville le plus tôt possible; car, si l'on m'y attrapait, j'y serais fusillé sans rémission. — Mon garçon, me dit Carmen, il faut que tu fasses quelque chose; maintenant que le roi ne

a. Flamenca de Roma. Terme d'argot qui désigne les bohémiennes. *Roma* ne veut pas dire ici la ville éternelle, mais la nation des Romi ou des *gens mariés*, nom que se donnent les bohémiens. Les premiers qu'on vit en Espagne venaient probablement des Pays-Bas, d'où est venu leur nom de *Flamands*.

b. Racine bulbeuse dont on fait une boisson assez agréable.

te donne plus ni riz ni merluche *ᵃ*, il faut que tu songes à gagner ta vie. Tu es trop bête pour voler *à pastesas* *ᵇ*; mais tu es leste et fort : si tu as du cœur, va-t'en à la côte, et fais-toi contrebandier. Ne t'ai-je pas promis de te faire pendre ? Cela vaut mieux que d'être fusillé. D'ailleurs, si tu sais t'y prendre, tu vivras comme un prince, aussi longtemps que les miñons *ᶜ* et les gardes-côtes ne te mettront pas la main sur le collet.

Ce fut de cette façon engageante que cette diable de fille me montra la nouvelle carrière qu'elle me destinait, la seule, à vrai dire, qui me restât, maintenant que j'avais encouru la peine de mort. Vous le dirai-je, monsieur ? elle me détermina sans beaucoup de peine. Il me semblait que je m'unissais à elle plus intimement par cette vie de hasards et de rébellion. Désormais je crus m'assurer son amour [35]. J'avais entendu souvent parler de quelques contrebandiers qui parcouraient l'Andalousie, montés sur un bon cheval, l'espingole au poing, leur maîtresse en croupe. Je me voyais déjà trottant par monts et par vaux avec la gentille bohémienne derrière moi. Quand je lui parlais de cela, elle riait à se tenir les côtés, et me disait qu'il n'y a rien de si beau qu'une nuit passée au bivouac, lorsque chaque rom se retire avec sa romi sous sa petite tente formée de trois cerceaux, avec une couverture par-dessus.

— Si je [te] tiens jamais dans la montagne, lui disais-je, je serai sûr de toi! Là, il n'y a pas de lieutenant pour partager avec moi.

— Ah! tu es jaloux, répondait-elle. Tant pis pour toi. Comment es-tu assez bête pour cela ? Ne vois-tu pas que je t'aime, puisque je ne t'ai jamais demandé d'argent ?

Lorsqu'elle parlait ainsi, j'avais envie de l'étrangler.

Pour le faire court, monsieur, Carmen me procura un habit bourgeois, avec lequel je sortis de Séville sans être reconnu. J'allai à Jerez avec une lettre de Pastia pour un marchand d'anisette chez qui se réunissaient

---

a. Nourriture ordinaire du soldat espagnol.
b. *Ustilar à pastesas*, voler avec adresse, dérober sans violence.
c. Espèce de corps franc.

des contrebandiers. On me présenta à ces gens-là, dont le chef, surnommé le Dancaïre [36], me reçut dans sa troupe. Nous partîmes pour Gaucin, où je retrouvai Carmen, qui m'y avait donné rendez-vous. Dans les expéditions, elle servait d'espion à nos gens, et de meilleur il n'y en eut jamais. Elle revenait de Gibraltar, et déjà elle avait arrangé avec un patron de navire l'embarquement de marchandises anglaises que nous devions recevoir sur la côte. Nous allâmes les attendre près d'Estepona, puis nous en cachâmes une partie dans la montagne; chargés du reste, nous nous rendîmes à Ronda. Carmen nous y avait précédés. Ce fut elle encore qui nous indiqua le moment où nous entrerions en ville. Ce premier voyage et quelques autres après furent heureux. La vie de contrebandier me plaisait mieux que la vie de soldat; je faisais des cadeaux à Carmen. J'avais de l'argent et une maîtresse. Je n'avais guère de remords, car, comme disent les bohémiens : Gale avec plaisir ne démange pas [a]. Partout nous étions bien reçus; mes compagnons me traitaient bien, et même me témoignaient de la considération. La raison, c'était que j'avais tué un homme, et parmi eux il y en avait qui n'avaient pas un pareil exploit sur la conscience. Mais ce qui me touchait davantage dans ma nouvelle vie, c'est que je voyais souvent Carmen. Elle me montrait plus d'amitié que jamais; cependant, devant les camarades, elle ne convenait pas qu'elle était ma maîtresse; et même, elle m'avait fait jurer par toutes sortes de serments de ne rien leur dire sur son compte. J'étais si faible devant cette créature, que j'obéissais à tous ses caprices. D'ailleurs, c'était la première fois qu'elle se montrait à moi avec la réserve d'une honnête femme, et j'étais assez simple pour croire qu'elle s'était véritablement corrigée de ses façons d'autrefois.

Notre troupe, qui se composait de huit ou dix hommes, ne se réunissait guère que dans les moments décisifs, et d'ordinaire nous étions dispersés deux à deux, trois à trois, dans les villes et les villages. Chacun de

---

a. Sarapia sat pesquital ne punzava.

nous prétendait avoir un métier : celui-ci était chaudronnier, celui-là maquignon; moi, j'étais marchand de merceries, mais je ne me montrais guère dans les gros endroits, à cause de ma mauvaise affaire de Séville. Un jour, ou plutôt une nuit, notre rendez-vous était au bas de Véger. Le Dancaïre et moi nous nous y trouvâmes avant les autres. Il paraissait fort gai. — Nous allons avoir un camarade de plus, me dit-il. Carmen vient de faire un de ses meilleurs tours. Elle vient de faire échapper son rom qui était au presidio à Tarifa. — Je commençais déjà à comprendre le bohémien, que parlaient presque tous mes camarades, et ce mot de rom me causa un saisissement. — Comment! son mari! elle est donc mariée? demandai-je au capitaine.

— Oui, répondit-il, à Garcia le Borgne, un bohémien aussi futé qu'elle. Le pauvre garçon était aux galères. Carmen a si bien embobeliné le chirurgien du presidio, qu'elle en a obtenu la liberté de son rom. Ah! cette fille-là vaut son pesant d'or. Il y a deux ans qu'elle cherche à le faire évader. Rien n'a réussi, jusqu'à ce qu'on s'est avisé de changer le major. Avec celui-ci, il paraît qu'elle a trouvé bien vite le moyen de s'entendre. — Vous vous imaginez le plaisir que me fit cette nouvelle. Je vis bientôt Garcia le Borgne; c'était bien le plus vilain monstre que la bohème ait nourri : noir de peau et plus noir d'âme, c'était le plus franc scélérat que j'aie rencontré dans ma vie. Carmen vint avec lui; et, lorsqu'elle l'appelait son rom devant moi, il fallait voir les yeux qu'elle me faisait, et ses grimaces quand Garcia tournait la tête. J'étais indigné, et je ne lui parlais pas de la nuit. Le matin nous avions fait nos ballots, et nous étions déjà en route, quand nous nous aperçûmes qu'une douzaine de cavaliers étaient à nos trousses. Les fanfarons Andalous, qui ne parlaient que de tout massacrer, firent aussitôt piteuse mine. Ce fut un sauve-qui-peut général. Le Dancaïre, Garcia, un joli garçon d'Ecija, qui s'appelait le Remendado [37], et Carmen ne perdirent pas la tête. Le reste avait abandonné les mulets, et s'était jeté dans les ravins où les chevaux ne pouvaient les suivre. Nous ne pouvions conserver nos bêtes, et nous nous hâtâmes de défaire le meilleur de notre butin, et de le charger sur nos épaules, puis nous essayâmes de nous sauver au travers des rochers par les pentes les plus roides. Nous jetions nos ballots devant nous, et nous les suivions de notre mieux en glissant sur les talons. Pendant ce temps-là, l'ennemi nous canardait ; c'était la première fois que j'entendais siffler les balles, et cela ne me fit pas grand-chose. Quand on est en vue d'une femme, il n'y a pas de mérite à se moquer de la mort. Nous nous échappâmes, excepté le pauvre Remendado, qui reçut un coup de feu dans les reins. Je jetai mon paquet, et j'essayai de le prendre. — Imbécile ! me cria Garcia, qu'avons-nous affaire d'une charogne ? achève-le et ne perds pas les bas de coton. — Jette-le, jette-le ! me criait Carmen. — La fatigue m'obligea de le déposer un moment à l'abri d'un rocher. Garcia s'avança, et lui lâcha son espingole dans la tête. — Bien habile qui le reconnaîtrait maintenant, dit-il en regardant sa figure que douze balles avaient mise en morceaux. — Voilà, monsieur, la belle vie que j'ai menée. Le soir, nous nous trouvâmes dans un hallier, épuisés de fatigue, n'ayant rien à manger et ruinés par la perte de nos mulets. Que fit cet infernal Garcia ? il tira un paquet de cartes de sa poche, et se mit à jouer avec le Dancaïre à la lueur d'un feu qu'ils allumèrent. Pendant ce temps-là, moi, j'étais couché, regardant les étoiles, pensant au Remendado, et me disant que j'aimerais autant être à sa place. Carmen était accroupie près de moi, et de temps en temps elle faisait un roulement de castagnettes en chantonnant. Puis, s'approchant comme pour me parler à l'oreille, elle m'embrassa, presque malgré moi, deux ou trois fois. — Tu es le diable, lui disais-je. — Oui, me répondait-elle.

Après quelques heures de repos, elle s'en fut à Gaucin, et le lendemain matin un petit chevrier vint nous porter du pain. Nous demeurâmes là tout le jour, et la nuit nous nous rapprochâmes de Gaucin. Nous attendions des nouvelles de Carmen. Rien ne venait. Au jour, nous voyons un muletier qui menait une femme bien habillée, avec un parasol, et une petite fille qui paraissait sa domestique. Garcia nous dit : — Voilà deux mules et deux femmes que saint Nicolas nous envoie ;

j'aimerais mieux quatre mules; n'importe, j'en fais mon
affaire! — Il prit son espingole et descendit vers le sentier en se cachant dans les broussailles. Nous le suivions,
le Dancaïre et moi, à peu de distance. Quand nous
fûmes à portée, nous nous montrâmes, et nous criâmes
au muletier de s'arrêter. La femme, en nous voyant, au
lieu de s'effrayer, et notre toilette aurait suffi pour cela,
fait un grand éclat de rire. — Ah! les *lillipendi* qui me
prennent pour une *erani* [a] ! — C'était Carmen, mais si
bien déguisée, que je ne l'aurais pas reconnue parlant
une autre langue. Elle sauta en bas de sa mule, et causa
quelque temps à voix basse avec le Dancaïre et Garcia,
puis elle me dit : Canari, nous nous reverrons avant que
tu sois pendu. Je vais à Gibraltar pour les affaires
d'Egypte. Vous entendrez bientôt parler de moi. —
Nous nous séparâmes après qu'elle nous eut indiqué un
lieu où nous pourrions trouver un abri pour quelques
jours. Cette fille était la providence de notre troupe.
Nous reçûmes bientôt quelque argent qu'elle nous
envoya, et un avis qui valait mieux pour nous : c'était
que tel jour partiraient deux milords anglais, allant de
Gibraltar à Grenade par tel chemin. A bon entendeur,
salut. Ils avaient de belles et bonnes guinées. Garcia
voulait les tuer, mais le Dancaïre et moi nous nous y
opposâmes. Nous ne leur prîmes que l'argent et les
montres, outre les chemises [38], dont nous avions grand
besoin.

Monsieur, on devient coquin sans y penser. Une jolie
fille vous fait perdre la tête, on se bat pour elle, un
malheur arrive, il faut vivre à la montagne, et de
contrebandier on devient voleur avant d'avoir réfléchi.
Nous jugeâmes qu'il ne faisait pas bon pour nous dans
les environs de Gibraltar après l'affaire des milords, et
nous nous enfonçâmes dans la sierra de Ronda. —
Vous m'avez parlé de José-Maria; tenez, c'est là que
j'ai fait connaissance avec lui. Il menait sa maîtresse
dans ses expéditions. C'était une jolie fille, sage,
modeste, de bonnes manières; jamais un mot malhon-

a. Les imbéciles qui me prennent pour une femme comme il
faut.

nête, et un dévouement!... En revanche, il la rendait
bien malheureuse. Il était toujours à courir après toutes
les filles, il la malmenait, puis quelquefois il s'avisait de
faire le jaloux. Une fois, il lui donna un coup de couteau. Eh bien, elle ne l'en aimait que davantage. Les
femmes sont ainsi faites, les Andalouses surtout. Celle-
là était fière de la cicatrice qu'elle avait au bras, et la
montrait comme la plus belle chose du monde. Et puis
José-Maria, par-dessus le marché, était le plus mauvais
camarade!... Dans une expédition que nous fîmes, il
s'arrangea si bien, que tout le profit lui en demeura, à
nous les coups et l'embarras de l'affaire. Mais je
reprends mon histoire. Nous n'entendions plus parler
de Carmen. Le Dancaïre dit : — Il faut qu'un de nous
aille à Gibraltar pour en avoir des nouvelles; elle doit
avoir préparé quelque affaire. J'irais bien, mais je suis
trop connu à Gibraltar. — Le borgne dit : — Moi aussi,
on m'y connaît, j'y ai fait tant de farces aux Ecre-
visses [a]! et, comme je n'ai qu'un œil, je suis difficile à
déguiser. — Il faut donc que j'y aille? dis-je à mon tour,
enchanté à la seule idée de revoir Carmen; voyons, que
faut-il faire? — Les autres me dirent : — Fais tant que
de t'embarquer ou de passer par Saint-Roc, comme tu
aimeras le mieux et, lorsque tu seras à Gibraltar,
demande sur le port où demeure une marchande de cho-
colat qui s'appelle la Rollona; quand tu l'auras trouvée,
tu sauras d'elle ce qui se passe là-bas. — Il fut convenu
que nous partirions tous les trois pour la sierra de Gaucin, que j'y laisserais mes deux compagnons, et que je
me rendrais à Gibraltar comme un marchand de fruits.
A Ronda, un homme qui était à nous m'avait procuré
un passeport; à Gaucin, on me donna un âne : je le
chargeai d'oranges et de melons, et je me mis en route.
Arrivé à Gibraltar, je trouvai qu'on y connaissait bien
la Rollona, mais elle était morte ou elle était allée à *fini-
bus terrae* [b], et sa disparition expliquait, à mon avis,
comment nous avions perdu notre moyen de corres-
pondre avec Carmen. Je mis mon âne dans une écurie,

a. Nom que le peuple en Espagne donne aux Anglais à cause
de la couleur de leur uniforme.
b. Aux galères, ou bien à tous les diables.

et, prenant mes oranges, j'allais par la ville comme pour les vendre, mais, en effet, pour voir si je ne rencontrerais pas quelque figure de connaissance. Il y a là force canaille de tous les pays du monde, et c'est la tour de Babel, car on ne saurait faire dix pas dans une rue sans entendre parler autant de langues. Je voyais bien des gens d'Egypte, mais je n'osais guère m'y fier ; je les tâtais, et ils me tâtaient. Nous devinions bien que nous étions des coquins ; l'important était de savoir si nous étions de la même bande. Après deux jours passés en courses inutiles, je n'avais rien appris touchant la Rollona ni Carmen, et je pensais à retourner auprès de mes camarades après avoir fait quelques emplettes, lorsqu'en me promenant dans une rue, au coucher du soleil, j'entends une voix de femme d'une fenêtre qui me dit : — Marchand d'oranges !... Je lève la tête, et je vois à un balcon Carmen, accoudée avec un officier en rouge, épaulettes d'or, cheveux frisés, tournure d'un gros mylord. Pour elle, elle était habillée superbement : un châle sur ses épaules, un peigne d'or, toute en soie ; et la bonne pièce, toujours la même ! riait à se tenir les côtés. L'Anglais, en baragouinant l'espagnol, me cria de monter, que madame voulait des oranges ; et, Carmen me dit en basque : — Monte, et ne t'étonne de rien. — Rien, en effet, ne devait m'étonner de sa part. Je ne sais si j'eus plus de joie que de chagrin en la retrouvant. Il y avait à la porte un grand domestique anglais, poudré, qui me conduisit dans un salon magnifique. Carmen me dit aussitôt en basque : — Tu ne sais pas un mot d'espagnol, tu ne me connais pas. — Puis, se tournant vers l'Anglais : — Je vous le disais bien, je l'ai tout de suite reconnu pour un Basque ; vous allez entendre quelle drôle de langue. Comme il a l'air bête, n'est-ce pas ? On dirait un chat surpris dans un garde-manger. — Et toi, lui dis-je dans ma langue, tu as l'air d'une effrontée coquine, et j'ai bien envie de te balafrer la figure devant ton galant. — Mon galant ! dit-elle, tiens, tu as deviné cela tout seul ? Et tu es jaloux de cet imbécile-là ? Tu es encore plus niais qu'avant nos soirées de la rue du Candilejo. Ne vois-tu pas, sot que tu es, que je fais en ce moment les affaires d'Egypte, et de la

façon la plus brillante. Cette maison est à moi, les guinées de l'écrevisse seront à moi; je le mène par le bout
du nez; je le mènerai d'où il ne sortira jamais.

— Et moi, lui dis-je, si tu fais encore les affaires
d'Egypte de cette manière-là, je ferai si bien que tu ne
recommenceras plus.

— Ah! oui-dà! Es-tu mon rom, pour me comman-
der? Le Borgne le trouve bon, qu'as-tu à y voir? Ne
devrais-tu pas être bien content d'être le seul qui se
puisse dire mon *minchorrò* [a] ?

— Qu'est-ce qu'il dit? demanda l'Anglais.

— Il dit qu'il a soif et qu'il boirait bien un coup,
répondit Carmen. Et elle se renversa sur un canapé en
éclatant de rire à sa traduction.

Monsieur, quand cette fille-là riait, il n'y avait pas
moyen de parler raison. Tout le monde riait avec
elle. Ce grand Anglais se mit à rire aussi, comme un
imbécile qu'il était, et ordonna qu'on m'apportât à
boire.

Pendant que je buvais : — Vois-tu cette bague qu'il
a au doigt? dit-elle; si tu veux, je te la donnerai.

Moi je répondis : — Je donnerais un doigt pour tenir
ton mylord dans la montagne, chacun un maquila [39] au
poing.

— Maquila, qu'est-ce que cela veut dire? demanda
l'Anglais.

— Maquila, dit Carmen riant toujours, c'est une
orange. N'est-ce pas un bien drôle de mot pour une
orange? Il dit qu'il voudrait vous faire manger du
maquila.

— Oui? dit l'Anglais. Eh bien! apporte encore
demain du maquila. — Pendant que nous parlions, le
domestique entra et dit que le dîner était prêt. Alors
l'Anglais se leva, me donna une piastre, et offrit son
bras à Carmen, comme si elle ne pouvait pas marcher
seule. Carmen, riant toujours, me dit : — Mon garçon, je ne puis t'inviter à dîner; mais demain, dès que
tu entendras le tambour pour la parade, viens ici avec
des oranges. Tu trouveras une chambre mieux meublée

_____

a. Mon amant, ou plutôt mon caprice.

que celle de la rue du Candilejo, et tu verras si je suis toujours ta Carmencita. Et puis nous parlerons des affaires d'Egypte. — Je ne répondis rien, et j'étais dans la rue que l'Anglais me criait : Apportez demain du maquila! et j'entendais les éclats de rire de Carmen.

Je sortis ne sachant ce que je ferais, je ne dormis guère, et le matin je me trouvais si en colère contre cette traîtresse, que j'avais résolu de partir de Gibraltar sans la revoir; mais, au premier roulement de tambour, tout mon courage m'abandonna : je pris ma natte d'oranges et je courus chez Carmen. Sa jalousie était entrouverte, et je vis son grand œil noir qui me guettait. Le domestique poudré m'introduisit aussitôt; Carmen lui donna une commission, et dès que nous fûmes seuls, elle partit d'un de ses éclats de rire de crocodile [40], et se jeta à mon cou. Je ne l'avais jamais vue si belle. Parée comme une madone, parfumée... des meubles de soie, des rideaux brodés... ah!... et moi fait comme un voleur que j'étais. — Minchorrò! disait Carmen, j'ai envie de tout casser ici, de mettre le feu à la maison, et de m'enfuir à la sierra. — Et c'étaient des tendresses!... et puis des rires!... et elle dansait, et elle déchirait ses falbalas : jamais singe ne fit plus de gambades, de grimaces, de diableries. Quand elle eut repris son sérieux : — Ecoute, me dit-elle, il s'agit de l'Egypte. Je veux qu'il me mène à Ronda, où j'ai une sœur religieuse... (Ici nouveaux éclats de rire.) Nous passons par un endroit que je te ferai dire. Vous tombez sur lui : pillé rasibus! Le mieux serait de l'escoffier [41]; mais, ajouta-t-elle avec un sourire diabolique qu'elle avait dans de certains moments, et ce sourire-là, personne n'avait alors envie de l'imiter, — sais-tu ce qu'il faudrait faire ? Que le Borgne paraisse le premier. Tenez-vous un peu en arrière; l'écrevisse est brave et adroit : il a de bons pistolets... Comprends-tu ?... Elle s'interrompit par un nouvel éclat de rire qui me fit frissonner.

— Non, lui dis-je : je hais Garcia, mais c'est mon camarade. Un jour peut-être je t'en débarrasserai, mais nous réglerons nos comptes à la façon de mon pays. Je ne suis Egyptien que par hasard; et pour certaines

choses, je serai toujours franc Navarrais, comme dit
le proverbe *a*.

Elle reprit : — Tu es une bête, un niais, un vrai *payllo*.
Tu es comme le nain qui se croit grand quand il a pu
cracher loin *b*. Tu ne m'aimes pas, va-t'en.

Quand elle me disait : Va-t'en, je ne pouvais m'en
aller. Je promis de partir, de retourner auprès de mes
camarades et d'attendre l'Anglais; de son côté, elle me
promit d'être malade jusqu'au moment de quitter
Gibraltar pour Ronda. Je demeurai encore deux jours
à Gibraltar. Elle eut l'audace de me venir voir déguisée
dans mon auberge. Je partis; moi aussi j'avais mon
projet. Je retournai à notre rendez-vous, sachant le
lieu et l'heure où l'Anglais et Carmen devaient passer.
Je trouvai le Dancaïre et Garcia qui m'attendaient.
Nous passâmes la nuit dans un bois auprès d'un feu de
pommes de pin qui flambait à merveille. Je proposai
à Garcia de jouer aux cartes. Il accepta. A la seconde
partie, je lui dis qu'il trichait; il se mit à rire. Je lui
jetai les cartes à la figure. Il voulut prendre son espingole; je mis le pied dessus, et je lui dis : — On dit que
tu sais jouer du couteau comme le meilleur jaque [42] de
Malaga, veux-tu t'essayer avec moi ? — Le Dancaïre
voulut nous séparer. J'avais donné deux ou trois coups
de poing à Garcia. La colère l'avait rendu brave; il
avait tiré son couteau, moi le mien. Nous dîmes tous
deux au Dancaïre de nous laisser place libre et franc
jeu. Il vit qu'il n'y avait pas moyen de nous arrêter,
et il s'écarta. Garcia était déjà ployé en deux comme
un chat prêt à s'élancer contre une souris. Il tenait son
chapeau de la main gauche pour parer, son couteau
en avant. C'est leur garde andalouse. Moi, je me mis
à la navarraise, droit en face de lui, le bras gauche levé,
la jambe gauche en avant, le couteau le long de la
cuisse droite. Je me sentais plus fort qu'un géant. Il se
lança sur moi comme un trait; je tournai sur le pied
gauche, et il ne trouva plus rien devant lui; mais je
l'atteignis à la gorge, et le couteau entra si avant, que

---

a. Navarro fino.

b. Or esorjié de or narsichislé, sin chismar lachinguel — proverbe bohémien. La promesse d'un nain, c'est de cracher loin.

ma main était sous son menton. Je retournai la lame
si fort qu'elle se cassa. C'était fini. La lame sortit de
la plaie lancée par un bouillon de sang gros comme le
bras. Il tomba sur le nez roide comme un pieu. —
Qu'as-tu fait ? me dit le Dancaïre. — Ecoute, lui dis-je :
nous ne pouvions vivre ensemble. J'aime Carmen, et
je veux être seul. D'ailleurs, Garcia était un coquin,
et je me rappelle ce qu'il a fait au pauvre Remendado.
Nous ne sommes plus que deux, mais nous sommes
de bons garçons. Voyons, veux-tu de moi pour ami,
à la vie à la mort ? — Le Dancaïre me tendit la main.
C'était un homme de cinquante ans. — Au diable les
amourettes! s'écria-t-il. Si tu lui avais demandé Carmen, il te l'aurait vendue pour une piastre. Nous ne
sommes plus que deux; comment ferons-nous demain ?
Laisse-moi faire tout seul, lui répondis-je. Maintenant
je me moque du monde entier.

Nous enterrâmes Garcia, et nous allâmes placer
notre camp deux cents pas plus loin. Le lendemain,
Carmen et son Anglais passèrent avec deux muletiers
et un domestique. Je dis au Dancaïre : Je me charge
de l'Anglais. Fais peur aux autres, ils ne sont pas
armés. L'Anglais avait du cœur. Si Carmen ne lui eût
poussé le bras, il me tuait. Bref, je reconquis Carmen
ce jour-là, et mon premier mot fut de lui dire qu'elle
était veuve. Quand elle sut comment cela s'était passé :
Tu seras toujours un *lillipendi!* me dit-elle. Garcia
devait te tuer. Ta garde navarraise n'est qu'une bêtise,
et il en a mis à l'ombre de plus habiles que toi. C'est
que son temps était venu. Le tien viendra. — Et le tien,
répondis-je, si tu n'es pas pour moi une vraie romi.
— A la bonne heure, dit-elle; j'ai vu plus d'une fois
dans du marc du café que nous devions finir ensemble.
Bah! arrive qui plante! Et elle fit claquer ses castagnettes, ce qu'elle faisait toujours quand elle voulait
chasser quelque idée importune.

On s'oublie quand on parle de soi. Tous ces détails-là
vous ennuient sans doute, mais j'ai bientôt fini. La vie
que nous menions dura assez longtemps. Le Dancaïre
et moi nous nous étions associé quelques camarades

plus sûrs que les premiers, et nous nous occupions de contrebande, et aussi parfois, il faut bien l'avouer, nous arrêtions sur la grande route, mais à la dernière extrémité, et lorsque nous ne pouvions faire autrement. D'ailleurs, nous ne maltraitions pas les voyageurs, et nous nous bornions à leur prendre leur argent. Pendant quelques mois, je fus content de Carmen; elle continuait à nous être utile pour nos opérations, en nous avertissant des bons coups que nous pourrions faire. Elle se tenait, soit à Malaga, soit à Cordoue, soit à Grenade; mais, sur un mot de moi, elle quittait tout, et venait me retrouver dans une venta isolée, ou même au bivouac. Une fois seulement, c'était à Malaga, elle me donna quelque inquiétude. Je sus qu'elle avait jeté son dévolu sur un négociant fort riche, avec lequel probablement elle se proposait de recommencer la plaisanterie de Gibraltar. Malgré tout ce que le Dancaïre put me dire pour m'arrêter, je partis, et j'entrai dans Malaga en plein jour. Je cherchai Carmen, et je l'emmenai aussitôt. Nous eûmes une verte explication.
— Sais-tu, me dit-elle, que, depuis que tu es mon rom pour tout de bon, je t'aime moins que lorsque tu étais mon minchorrò ? Je ne veux pas être tourmentée, ni surtout commandée. Ce que je veux, c'est être libre et faire ce qui me plaît. Prends garde de me pousser à bout. Si tu m'ennuies, je trouverai quelque bon garçon qui te fera comme tu as fait au borgne. — Le Dancaïre nous raccommoda; mais nous nous étions dit des choses qui nous restaient sur le cœur, et nous n'étions plus comme auparavant. Peu après, un malheur nous arriva. La troupe nous surprit. Le Dancaïre fut tué, ainsi que deux de mes camarades; deux autres furent pris. Moi, je fus grièvement blessé, et, sans mon bon cheval, je demeurais entre les mains des soldats. Exténué de fatigue, ayant une balle dans le corps, j'allai me cacher dans un bois avec le seul compagnon qui me restât. Je m'évanouis en descendant de cheval, et je crus que j'allais crever dans les broussailles comme un lièvre qui a reçu du plomb. Mon camarade me porta dans une grotte que nous connaissions, puis il alla chercher Carmen. Elle était à Grenade, et aussitôt

elle accourut. Pendant quinze jours, elle ne me quitta pas d'un instant. Elle ne ferma pas l'œil ; elle me soigna avec une adresse et des attentions que jamais femme n'a eues pour l'homme le plus aimé. Dès que je pus me tenir sur mes jambes, elle me mena à Grenade dans le plus grand secret. Les bohémiennes trouvent partout des asiles sûrs, et je passai plus de six semaines dans une maison, à deux portes du corrégidor qui me cherchait. Plus d'une fois, regardant derrière un volet, je le vis passer. Enfin je me rétablis ; mais j'avais fait bien des réflexions sur mon lit de douleur, et je projetais de changer de vie. Je parlai à Carmen de quitter l'Espagne, et de chercher à vivre honnêtement dans le Nouveau-Monde. Elle se moqua de moi. — Nous ne sommes pas faits pour planter des choux, dit-elle ; notre destin, à nous, c'est de vivre aux dépens des payllos. Tiens, j'ai arrangé une affaire avec Nathan ben-Joseph de Gibraltar. Il a des cotonnades qui n'attendent que toi pour passer. Il sait que tu es vivant. Il compte sur toi. Que diraient nos correspondants de Gibraltar, si tu leur manquais de parole ? Je me laissai entraîner, et je repris mon vilain commerce.

Pendant que j'étais caché à Grenade, il y eut des courses de taureaux où Carmen alla. En revenant, elle parla beaucoup d'un picador très adroit nommé Lucas. Elle savait le nom de son cheval, et combien lui coûtait sa veste brodée. Je n'y fis pas attention. Juanito, le camarade qui m'était resté, me dit, quelques jours après, qu'il avait vu Carmen avec Lucas chez un marchand du Zacatin. Cela commença à m'alarmer. Je demandai à Carmen comment et pourquoi elle avait fait connaissance avec le picador. — C'est un garçon, me dit-elle, avec qui on peut faire une affaire. Rivière qui fait du bruit, a de l'eau ou des cailloux [a]. Il a gagné 1 200 réaux aux courses. De deux choses l'une : ou bien il faut avoir cet argent ; ou bien, comme c'est un bon cavalier et un gaillard de cœur, on peut l'enrôler dans notre bande. Un tel et un tel sont morts, tu as besoin de les remplacer. Prends-le avec toi.

a. Len sos sonsi abela
   Pani o reblendani terela. — (Proverbe bohémien.)

— Je ne veux, répondis-je, ni de son argent, ni de sa personne, et je te défends de lui parler. — Prends garde, me dit-elle; lorsqu'on me défie de faire une chose, elle est bientôt faite! — Heureusement, le picador partit pour Malaga, et moi, je me mis en devoir de faire entrer les cotonnades du juif. J'eus fort à faire dans cette expédition-là, Carmen aussi, et j'oubliai Lucas; peut-être aussi l'oublia-t-elle, pour le moment du moins. C'est vers ce temps, Monsieur, que je vous rencontrai, d'abord près de Montilla, puis après à Cordoue. Je ne vous parlerai pas de notre dernière entrevue. Vous en savez peut-être plus long que moi. Carmen vous vola votre montre; elle voulait encore votre argent, et surtout cette bague que je vois à votre doigt, et qui, dit-elle, est un anneau magique qu'il lui importait beaucoup de posséder. Nous eûmes une violente dispute, et je la frappai. Elle pâlit et pleura. C'était la première fois que je la voyais pleurer, et cela me fit un effet terrible. Je lui demandai pardon, mais elle me bouda pendant tout un jour, et, quand je repartis pour Montilla, elle ne voulut pas m'embrasser. — J'avais le cœur gros, lorsque, trois jours après, elle vint me trouver l'air riant et gaie comme pinson. Tout était oublié, et nous avions l'air d'amoureux de deux jours. Au moment de nous séparer, elle me dit : — Il y a une fête à Cordoue, je vais la voir, puis je saurai les gens qui s'en vont avec de l'argent, et je te le dirai. — Je la laissai partir. Seul, je pensai à cette fête et à ce changement d'humeur de Carmen. Il faut qu'elle se soit vengée déjà, me dis-je, puisqu'elle est revenue la première. — Un paysan me dit qu'il y avait des taureaux à Cordoue. Voilà mon sang qui bouillonne, et, comme un fou, je pars, et je vais à la place. On me montra Lucas, et, sur le banc contre la barrière, je reconnus Carmen. Il me suffit de la voir une minute pour être sûr de mon fait. Lucas, au premier taureau, fit le joli cœur, comme je l'avais prévu. Il arracha la cocarde *a* du taureau et la porta à Carmen, qui s'en

___

a. *La divisa*, nœud de rubans dont la couleur indique les pâturages d'où viennent les taureaux. Ce nœud est fixé dans la peau coiffa sur-le-champ. Le taureau se chargea de me venger. Lucas fut culbuté avec son cheval sur la poitrine, et le taureau par-dessus tous les deux. Je regardai Carmen, elle n'était déjà plus à sa place. Il m'était impossible de sortir de celle où j'étais, et je fus obligé d'attendre la fin des courses. Alors j'allai à la maison que vous connaissez, et je m'y tins coi toute la soirée et une partie de la nuit. Vers deux heures du matin, Carmen revint, et fut un peu surprise de me voir. — Viens avec moi, lui dis-je. — Eh bien! dit-elle, partons! — J'allai prendre mon cheval, je la mis en croupe, et nous marchâmes tout le reste de la nuit sans nous dire un seul mot. Nous nous arrêtâmes au jour dans une venta isolée, assez près d'un petit ermitage. Là je dis à Carmen :

— Ecoute, j'oublie tout. Je ne te parlerai de rien; mais jure-moi une chose : c'est que tu vas me suivre en Amérique, et que tu t'y tiendras tranquille.

— Non, dit-elle d'un ton boudeur, je ne veux pas aller en Amérique. Je me trouve bien ici.

— C'est parce que tu es près de Lucas; mais songes-y bien, s'il guérit, ce ne sera pas pour faire de vieux os. Au reste, pourquoi m'en prendre à lui? Je suis las de tuer tous tes amants; c'est toi que je tuerai.

Elle me regarda fixement de son regard sauvage, et me dit :

— J'ai toujours pensé que tu me tuerais. La première fois que je t'ai vu, je venais de rencontrer un prêtre à la porte de ma maison. Et cette nuit, en sortant de Cordoue, n'as-tu rien vu? Un lièvre a traversé le chemin entre les pieds de ton cheval. C'est écrit.

— Carmencita, lui demandais-je, est-ce que tu ne m'aimes plus?

Elle ne répondit rien. Elle était assise les jambes croisées sur une natte et faisait des traits par terre avec son doigt.

— Changeons de vie, Carmen, lui dis-je d'un ton

du taureau au moyen d'un crochet, et c'est le comble de la galanterie que de l'arracher à l'animal vivant, pour l'offrir à une femme.

suppliant. Allons vivre quelque part où nous ne serons jamais séparés. Tu sais que nous avons, pas loin d'ici, sous un chêne, cent vingt onces enterrées... Puis, nous avons des fonds encore chez le juif Ben-Joseph.

Elle se mit à sourire, et me dit :

— Moi d'abord, toi ensuite. Je sais bien que cela doit arriver ainsi.

— Réfléchis, repris-je; je suis au bout de ma patience et de mon courage; prends ton parti ou je prendrai le mien. — Je la quittai et j'allai me promener du côté de l'ermitage. Je trouvai l'ermite qui priait. J'attendis que sa prière fût finie; j'aurais bien voulu prier, mais je ne pouvais pas. Quand il se releva, j'allai à lui. — Mon père, lui dis-je, voulez-vous prier pour quelqu'un qui est en grand péril?

— Je prie pour tous les affligés, dit-il.

— Pouvez-vous dire une messe pour une âme qui va peut-être paraître devant son Créateur?

— Oui, répondit-il en me regardant fixement. — Et, comme il y avait dans mon air quelque chose d'étrange, il voulut me faire parler :

— Il me semble que je vous ai vu, dit-il.

— Je mis une piastre sur son banc. — Quand direz-vous la messe? lui demandai-je.

— Dans une demi-heure. Le fils de l'aubergiste de là-bas va venir la servir. Dites-moi, jeune homme, n'avez-vous pas quelque chose sur la conscience qui vous tourmente? voulez-vous écouter les conseils d'un chrétien?

Je me sentais près de pleurer. Je lui dis que je reviendrais, et je me sauvai. J'allai me coucher sur l'herbe jusqu'à ce que j'entendisse la cloche. Alors je m'approchai, mais je restai en dehors de la chapelle. Quand 'a messe fut dite, je retournai à la venta. J'espérais presque que Carmen se serait enfuie; elle aurait pu prendre mon cheval et se sauver... mais je la retrouvai. Elle ne voulait pas qu'on pût dire que je lui avais fait peur. Pendant mon absence, elle avait défait l'ourlet de sa robe pour en retirer le plomb. Maintenant elle était devant une table, regardant dans une terrine pleine d'eau le plomb qu'elle avait fait fondre, et qu'elle venait d'y jeter. Elle était si occupée de sa magie qu'elle ne s'aperçut pas d'abord de mon retour. Tantôt elle prenait un morceau de plomb et le tournait de tous les côtés d'un air triste, tantôt elle chantait quelqu'une de ces chansons magiques où elles invoquent Marie Padilla, la maîtresse de don Pedro, qui fut, dit-on la *Bari Crallisa*, ou la grande reine des bohémiens [a] :

— Carmen, lui dis-je, voulez-vous venir avec moi?

Elle se leva, jeta sa sébile, et mit sa mantille sur sa tête comme prête à partir. On m'amena mon cheval, elle monta en croupe et nous nous éloignâmes.

— Ainsi, lui dis-je, ma Carmen, après un bout de chemin, tu veux bien me suivre n'est-ce pas?

— Je te suis à la mort, oui, mais je ne vivrai plus avec toi.

Nous étions dans une gorge solitaire; j'arrêtai mon cheval. — Est-ce ici? — dit-elle, et d'un bond elle fut à terre. Elle ôta sa mantille, la jeta à ses pieds, et se tint immobile un poing sur la hanche, me regardant fixement.

— Tu veux me tuer, je le vois bien, dit-elle; c'est écrit, mais tu ne me feras pas céder.

— Je t'en prie, lui dis-je, sois raisonnable. Écoute-moi! tout le passé est oublié. Pourtant, tu le sais, c'est toi qui m'as perdu; c'est pour toi que je suis devenu un voleur et un meurtrier. Carmen! ma Carmen! laisse-moi te sauver et me sauver avec toi.

— José, répondit-elle, tu me demandes l'impossible. Je ne t'aime plus; toi, tu m'aimes encore, et c'est pour cela que tu veux me tuer. Je pourrais bien encore te faire quelque mensonge; mais je ne veux pas m'en donner la peine. Tout est fini entre nous. Comme mon rom, tu as le droit de tuer ta romi; mais Carmen sera toujours libre. Calli elle est née, calli elle mourra.

— Tu aimes donc Lucas? lui demandai-je.

— Oui, je l'ai aimé, comme toi, un instant, moins

---

a. On a accusé Marie Padilla d'avoir ensorcelé le roi don Pèdre. Une tradition populaire rapporte qu'elle avait fait présent à la reine Blanche de Bourbon d'une ceinture d'or, qui parut aux yeux fascinés du roi comme un serpent vivant. De là la répugnance qu'il montra toujours pour la malheureuse princesse.

que toi peut-être. A présent, je n'aime plus rien, et je
me hais pour t'avoir aimé.

Je me jetai à ses pieds, je lui pris les mains, je les
arrosai de mes larmes. Je lui rappelai tous les moments
de bonheur que nous avions passés ensemble. Je lui
offris de rester brigand pour lui plaire. Tout, monsieur,
tout! je lui offris tout, pourvu qu'elle voulût m'aimer
encore!

— Elle me dit : — T'aimer encore, c'est impossible.
Vivre avec toi, je ne le veux pas. — La fureur me possédait. Je tirai mon couteau. J'aurais voulu qu'elle eût
peur et me demandât grâce, mais, cette femme était
un démon.

— Pour la dernière fois, m'écriai-je, veux-tu rester
avec moi?

— Non! non! non! dit-elle en frappant du pied, et
elle tira de son doigt une bague que je lui avais donnée,
et la jeta dans les broussailles.

Je la frappai deux fois. C'était le couteau du Borgne
que j'avais pris, ayant cassé le mien. Elle tomba au
second coup sans crier. Je crois encore voir son grand
œil noir me regarder fixement; puis il devint trouble
et se ferma. Je restai anéanti une bonne heure devant
ce cadavre. Puis, je me rappelai que Carmen m'avait
dit souvent qu'elle aimerait à être enterrée dans un
bois. Je lui creusai une fosse avec mon couteau, et je
l'y déposai. Je cherchai longtemps sa bague, et je la
trouvai à la fin. Je la mis dans la fosse auprès d'elle,
avec une petite croix. Peut-être ai-je eu tort. Ensuite je
montai sur mon cheval, je galopai jusqu'à Cordoue, et
au premier corps de garde je me fis connaître. J'ai dit
que j'avais tué Carmen; mais je n'ai pas voulu dire où
était son corps. L'ermite était un saint homme. Il a prié
pour elle! Il a dit une messe pour son âme... Pauvre
enfant! Ce sont les *Calé* [43] qui sont coupables pour
l'avoir élevée ainsi. »

IV

L'Espagne [44] est un des pays où se trouvent aujourd'hui, en plus grand nombre encore, ces nomades dispersés dans toute l'Europe, et connus sous les noms de *Bohémiens*, *Gitanos*, *Gypsies*, *Zigeuner*, etc. La plupart demeurent, ou plutôt mènent une vie errante dans les provinces du Sud et de l'Est, en Andalousie, en Estramadure dans le royaume de Murcie; il y en a beaucoup en Catalogne. Ces derniers passent souvent en France. On en rencontre dans toutes nos foires du Midi. D'ordinaire, les hommes exercent les métiers de maquignon, de vétérinaire et de tondeur de mulets; ils y joignent l'industrie de raccommoder les poêlons et les instruments de cuivre, sans parler de la contrebande et autres pratiques illicites. Les femmes disent la bonne aventure, mendient et vendent toutes sortes de drogues innocentes ou non.

Les caractères physiques des Bohémiens sont plus faciles à distinguer qu'à décrire, et lorsqu'on en a vu un seul, on reconnaîtrait entre mille un individu de cette race. La physionomie, l'expression, voilà surtout ce qui les sépare des peuples qui habitent le même pays. Leur teint est très basané, toujours plus foncé que celui des populations parmi lesquelles ils vivent. De là le nom de *Calé*, les noirs, par lequel ils se désignent souvent [a]. Leurs yeux sensiblement obliques, bien

---

a. Il m'a semblé que les Bohémiens allemands, bien qu'ils comprennent parfaitement le mot *Calé*, n'aimaient point à être appelés de la sorte. Ils s'appellent entre eux *Romané tchavé*.

fendus, très noirs, sont ombragés par des cils longs
et épais. On ne peut comparer leur regard qu'à celui
d'une bête fauve. L'audace et la timidité s'y peignent
tout à la fois, et sous ce rapport leurs yeux révèlent
assez bien le caractère de la nation, rusée, hardie, mais
craignant *naturellement les coups* comme Panurge [45].
Pour la plupart les hommes sont bien découplés,
sveltes, agiles ; je ne crois pas en avoir jamais vu un seul
chargé d'embonpoint. En Allemagne, les Bohémiennes
sont souvent très jolies ; la beauté est fort rare parmi les
gitanas d'Espagne. Très jeunes elles peuvent passer
pour des laiderons agréables ; mais une fois qu'elles
sont mères, elles deviennent repoussantes. La saleté
des deux sexes est incroyable, et qui n'a pas vu les
cheveux d'une matrone bohémienne s'en fera difficilement une idée, même en se représentant les crins
les plus rudes, les plus gras, les plus poudreux. Dans
quelques grandes villes d'Andalousie, certaines jeunes
filles un peu plus agréables que les autres, prennent
plus de soin de leur personne. Celles-là vont danser
pour de l'argent, des danses qui ressemblent fort à
celles que l'on interdit dans nos bals publics du car-
naval. M. Borrow, missionnaire anglais, auteur de
deux ouvrages fort intéressants sur les Bohémiens
d'Espagne, qu'il avait entrepris de convertir, aux frais
de la société Biblique, assure qu'il est sans exemple
qu'une Gitana ait jamais eu quelque faiblesse pour un
homme étranger à sa race. Il me semble qu'il y a beaucoup d'exagération dans les éloges qu'il accorde à leur
chasteté. D'abord, le plus grand nombre est dans le
cas de la laide d'Ovide : *Casta quam nemo rogavit* [46].
Quant aux jolies, elles sont comme toutes les Espa-
gnoles, difficiles dans le choix de leurs amants. Il faut
leur plaire, il faut les mériter. M. Borrow cite comme
preuve de leur vertu un trait qui fait honneur à la
sienne, surtout à sa naïveté. Un homme immoral de sa
connaissance, offrit, dit-il, inutilement plusieurs onces
à une jolie Gitana. Un Andalou, à qui je racontai
cette anecdote, prétendit que cet homme immoral
aurait eu plus de succès en montrant deux ou trois
piastres, et qu'offrir des onces d'or à une Bohémienne,

était un aussi mauvais moyen de persuader, que de promettre un million ou deux à une fille d'auberge.
— Quoi qu'il en soit il est certain que les Gitanas montrent à leurs maris un dévouement extraordinaire. Il n'y a pas de danger ni de misères qu'elles ne bravent pour les secourir en leurs nécessités. Un des noms que se donnent les Bohémiens, *Romé* ou les *époux*, me paraît attester le respect de la race pour l'état de mariage. En général on peut dire que leur principale vertu est le patriotisme, si l'on peut ainsi appeler la fidélité qu'ils observent dans leurs relations avec les individus de même origine qu'eux, leur empressement à s'entraider, le secret inviolable qu'ils se gardent dans les affaires compromettantes. Au reste, dans toutes les associations mystérieuses et en dehors des lois, on observe quelque chose de semblable.

J'ai visité, il y a quelques mois [47], une horde de Bohémiens établis dans les Vosges. Dans la hutte [48] d'une vieille femme, l'ancienne de sa tribu, il y avait un Bohémien étranger à sa famille, attaqué d'une maladie mortelle. Cet homme avait quitté un hôpital où il était bien soigné, pour aller mourir au milieu de ses compatriotes. Depuis treize semaines il était alité chez ses hôtes, et beaucoup mieux traité que les fils et les gendres qui vivaient dans la même maison. Il avait un bon lit de paille et de mousse avec des draps assez blancs, tandis que le reste de la famille, au nombre de onze personnes, couchaient sur des planches longues de trois pieds. Voilà pour leur hospitalité. La même femme, si humaine pour son hôte, me disait devant le malade : *Singo, singo, homte hi mulo.* Dans peu, dans peu, il faut qu'il meure. Après tout, la vie de ces gens est si misérable, que l'annonce de la mort n'a rien d'effrayant pour eux.

Un trait remarquable du caractère des Bohémiens, c'est leur indifférence en matière de religion; non qu'ils soient esprits forts ou sceptiques. Jamais ils n'ont fait profession d'athéisme. Loin de là, la religion du pays qu'ils habitent est la leur; mais ils en changent en changeant de patrie. Les superstitions qui, chez les peuples grossiers remplacent les sentiments religieux,

leur sont également étrangères. Le moyen, en effet,
que des superstitions existent chez des gens qui vivent
le plus souvent de la crédulité des autres. Cependant,
j'ai remarqué chez les Bohémiens espagnols une horreur singulière pour le contact d'un cadavre. Il y en a
peu qui consentiraient pour de l'argent à porter un
mort au cimetière.

J'ai dit que la plupart des Bohémiennes se mêlaient
de dire la bonne aventure. Elles s'en acquittent fort
bien. Mais ce qui est pour elles une source de grands
profits, c'est la vente des charmes et des philtres amoureux. Non seulement elles tiennent des pattes de cra-
pauds pour fixer les cœurs volages, ou de la poudre de
pierre d'aimant pour se faire aimer des insensibles;
mais elles font au besoin des conjurations puissantes
qui obligent le diable à leur prêter son secours. L'année
dernière, une Espagnole me racontait l'histoire suivante : Elle passait un jour dans la rue d'Alcala, fort
triste et préoccupée; une Bohémienne accroupie sur
le trottoir lui cria : Ma belle dame, votre amant vous a
trahie. — C'était la vérité. — Voulez-vous que je vous
le fasse revenir ? On comprend avec quelle joie la proposition fut acceptée, et quelle devait être la confiance
inspirée par une personne qui devinait ainsi d'un coup
d'œil, les secrets intimes du cœur. Comme il eût été
impossible de procéder à des opérations magiques
dans la rue la plus fréquentée de Madrid, on convint
d'un rendez-vous pour le lendemain. — Rien de plus
facile que de ramener l'infidèle à vos pieds, dit la
Gitana. Auriez-vous un mouchoir, une écharpe, une
mantille qu'il vous ait donné? — On lui remit un fichu
de soie. — Maintenant cousez avec de la soie cramoisie,
une piastre dans un coin du fichu. — Dans un autre
coin cousez une demi-piastre; ici, une piécette; là, une
pièce de deux réaux. Puis il faut coudre au milieu une
pièce d'or. Un doublon serait le mieux. — On coud le
doublon et le reste. — A présent, donnez-moi le fichu,
je vais le porter au Campo-Santo, à minuit sonnant.
Venez avec moi, si vous voulez voir une belle diablerie.
Je vous promets que dès demain vous reverrez celui
que vous aimez. — La Bohémienne partit seule pour le

Campo-Santo, car on avait trop peur des diables pour l'accompagner. Je vous laisse à penser si la pauvre amante délaissée a revu son fichu et son infidèle.

Malgré leur misère et l'espèce d'aversion qu'ils inspirent, les Bohémiens jouissent cependant d'une certaine considération parmi les gens peu éclairés, et ils en sont très vains. Ils se sentent une race supérieure pour l'intelligence et méprisent cordialement le peuple qui leur donne l'hospitalité. — Les Gentils sont si bêtes, me disait une Bohémienne des Vosges, qu'il n'y a aucun mérite à les attraper. L'autre jour, une paysanne m'appelle dans la rue, j'entre chez elle. Son poêle fumait, et elle me demande un sort pour le faire aller. Moi, je me fais d'abord donner un bon morceau de lard. Puis, je me mets à marmotter quelques mots en rommani. Tu es bête, je disais, tu es née bête, bête tu mourras... Quand je fus près de la porte, je lui dis en bon allemand : Le moyen infaillible d'empêcher ton poêle de fumer, c'est de n'y pas faire de feu. Et je pris mes jambes à mon cou.

L'histoire des Bohémiens est encore un problème. On sait à la vérité que leurs premières bandes, fort peu nombreuses, se montrèrent dans l'est de l'Europe, vers le commencement du quinzième siècle ; mais on ne peut dire ni d'où ils viennent, ni pourquoi ils sont venus en Europe, et, ce qui est plus extraordinaire, on ignore comment ils se sont multipliés en peu de temps d'une façon si prodigieuse dans plusieurs contrées fort éloignées les unes des autres. Les Bohémiens eux-mêmes n'ont conservé aucune tradition sur leur origine, et si la plupart d'entre eux parlent de l'Egypte comme de leur patrie primitive, c'est qu'ils ont adopté une fable très anciennement répandue sur leur compte.

La plupart des orientalistes qui ont étudié la langue des Bohémiens, croient qu'ils sont originaires de l'Inde. En effet, il paraît qu'un grand nombre de racines et beaucoup de formes grammaticales du rommani se retrouvent dans des idiomes dérivés du sanscrit. On conçoit que dans leurs longues pérégrinations, les Bohémiens ont adopté beaucoup de mots étrangers. Dans tous les dialectes du rommani, on trouve quantité de mots grecs. Par exemple : *cocal*, os de κόκκαλον; *petalli*, fer de cheval, de πέταλον; *cafi*, clou, de καρφί, etc. Aujourd'hui les Bohémiens ont presque autant de dialectes différents qu'il existe de hordes de leur race séparées les unes des autres. Partout ils parlent la langue du pays qu'ils habitent plus facilement que leur propre idiome, dont ils ne font guère usage que pour pouvoir s'entretenir librement devant des étrangers. Si l'on compare le dialecte des Bohémiens de l'Allemagne avec celui des Espagnols, sans communication avec les premiers depuis des siècles, on reconnaît une très grande quantité de mots communs; mais la langue originale, partout, quoiqu'à différents degrés, s'est notablement altérée par le contact des langues plus cultivées, dont ces nomades ont été contraints de faire usage. L'allemand, d'un côté, l'espagnol, de l'autre, ont tellement modifié le fond du rommani, qu'il serait impossible à un Bohémien de la Forêt-Noire de converser avec un de ses frères andalous, bien qu'il leur suffît d'échanger quelques phrases pour reconnaître qu'ils parlent tous les deux un dialecte dérivé du même idiome. Quelques mots d'un usage très fréquent sont communs, je crois, à tous les dialectes; ainsi, dans tous les vocabulaires que j'ai pu voir : *pani* veut dire de l'eau, *manro*, du pain, *mâs*, de la viande, *lon*, du sel.

Les noms de nombre sont partout à peu près les mêmes. Le dialecte allemand me semble beaucoup plus pur que le dialecte espagnol; car il a conservé nombre de formes grammaticales primitives, tandis que les Gitanos ont adopté celles du Castillan. Pourtant quelques mots font exception pour attester l'ancienne communauté de langage. — Les prétérits du dialecte allemand se forment en ajoutant *ium* à l'impératif qui est toujours la racine du verbe. Les verbes dans le rommani espagnol, se conjuguent tous sur le modèle des verbes castillans de la première conjugaison. De l'infinitif *jamar*, manger, on devrait régulièrement faire *jamé*, j'ai mangé, de *lillar*, prendre, on devrait faire *lillé*, j'ai pris. Cependant quelques vieux Bohémiens disent par exception : *jayon*, *lillon*. Je ne connais pas d'autres verbes qui aient conservé cette forme antique.

Pendant que je fais ainsi étalage de mes minces connaissances dans la langue rommani, je dois noter quelques mots d'argot français que nos voleurs ont empruntés aux Bohémiens. *Les Mystères de Paris* [49] ont appris à la bonne compagnie que *chourin*, voulait dire couteau. C'est du rommani pur; *tchouri* est un de ces mots communs à tous les dialectes. M. Vidocq [50] appelle un cheval *grès*, c'est encore un mot bohémien *gras, gre, graste, gris*. Ajoutez encore le mot *romanichel* qui dans l'argot parisien désigne les Bohémiens. C'est la corruption de *rommané tchave* gars Bohémiens. Mais une étymologie dont je suis fier, c'est celle de *frimousse*, mine, visage, mot que tous les écoliers emploient ou employaient de mon temps. Observez d'abord que Oudin, dans son curieux dictionnaire [51], écrivait en 1640, *firlimouse*. Or, *firla, fila* en rommani veut dire visage, *mui* a la même signification, c'est exactement *os* des Latins. La combinaison *firlamui* a été sur-le-champ comprise par un Bohémien puriste, et je la crois conforme au génie de sa langue.

En voilà bien assez pour donner aux lecteurs de Carmen, une idée avantageuse de mes études sur le Rommani [52]. Je terminerai par ce proverbe qui vient à propos : *En retudi panda nasti abela macha*. En close bouche, n'entre point mouche.

NOTES SUR « LES AMES DU PURGATOIRE »

1. *Ducis* (Jean-François) — né en 1733, mort en 1816. Adaptateur des tragédies de Shakespeare, il fut parfois contraint de se récrire, et d'édulcorer des scènes que supportait difficilement le goût français à cette époque : c'est ainsi qu'il écrivit, pour *Othello*, deux dénouements différents.

2. « Ici repose le pire homme qui fut au monde .»

3. *Morisques* — Descendants convertis des Maures anciennement maîtres de l'Espagne; persécutés par le pouvoir royal, ils se révoltèrent durant la seconde moitié du seizième siècle.

4. *Alpuxarres* — Habitants de la Sierra Nevada, révoltés et soumis vers la même époque que les Morisques (1570).

5. *Bernard del Carpio* — Héros légendaire des luttes de la nation espagnole contre les Francs.

6. *Moralès* — Peintre espagnol (1509-1586). — Le tableau est évidemment fictif.

7. *Huesca* — Mérimée dans l'édition de 1850 écrit « Huesca ». Cette ville existe. Mais beaucoup d'éditeurs ont corrigé ce nom en celui de « Huescar », la position de cette dernière ville, dans la province de Grenade, paraissant plus vraisemblable.

8. *Almeria* — Port repris aux Musulmans en 1490.

9. *Alfaqui* — Docteur de la religion musulmane.

10. « *depuis le cèdre jusqu'à l'hysope* » — Citation biblique.

11. *saint Michel* — Terrassant, selon la tradition, le dragon, c'est-à-dire le diable.

12. *Valdepeñas* — Ville de la Manche, célèbre par ses vins.

13. *pillos* — Terme familier, équivalent de *maraud*.

14. *Cananéens* — Habitants de la terre de Chanaan, que les Hébreux exterminèrent pour s'installer à leur place.

15. *judiciaires* — Facultés de raisonnement.

16. *la Tormes* — Rivière qui traverse la ville de Salamanque.

17. *séguidille* — ou plutôt *séguedille* : chant et danse à trois temps.

18. *targe* — « Petit bouclier en usage au Moyen Age » (Robert).

19. *comme son Deus det* — comme la formule des grâces après le repas (Deus det nobis suam pacem).

20. *licencié* — Théologien gradué de l'Université.

21. *De casibus* — Traité des *Cas de conscience*.

22. *casuiste* — Théologien qui s'applique à résoudre les cas de conscience et à tirer parti des circonstances pour excuser les fautes.

23. *simonie* — trafic des choses de la religion; corruption du clergé par l'argent.

24. *Achates* — allusion au fidèle compagnon du Troyen Enée dans ses voyages en Italie; la formule est empruntée à Virgile.

25. *Bacchus* — Bacchus épousa Ariane abandonnée par Thésée.

26. *esclandre* — ce mot est à présent masculin.

27. *Minerve* — préside aux travaux de l'esprit, comme Mars à ceux de la guerre.

28. *Notre-Dame du pilier* — célèbre sanctuaire de Saragosse; sur ce pilier, la Vierge apparut à saint Jacques.

29. *pharaon* — jeu de cartes où le banquier joue seul contre les autres joueurs.

30. *legs sub poenae nomine* — legs avec menace de châtiment en cas de non-exécution d'une certaine clause.

31. *le siège de Berg-op-Zoom* — la chronologie de Mérimée est inacceptable : son héros n'a pu assister à aucun des sièges de cette ville.

32. *braves* — de l'italien *bravi :* assassins à gages.

33. *majorat* — bien attaché à un titre de noblesse et transmis avec ce titre au fils aîné.

34. *une pluie de feu* — on évoque ici le châtiment de Sodome et Gomorrhe.

35. *regret de ne pas rencontrer plus d'obstacles* — trait connu du don Juan. Stendhal écrit : « L'amour à la don Juan est un sentiment dans le genre du goût pour la chasse. C'est un besoin d'activité qui doit être réveillé par des objets divers et mettant sans cesse en doute votre talent. » (*De l'Amour*, ch. LIX.)

36. *tourière* — religieuse chargée des relations avec l'extérieur et de l'accueil des visiteurs.

37. *bâtir une chapelle* — précisions historiques.

38. *tuez-moi si vous voulez, je ne me battrai pas* — toute cette discussion évoque une scène du *Don Juan* de Molière (V, III). La situation est semblable ; le héros de Molière déclare : « ce n'est pas moi qui me veux battre : le Ciel m'en défend la pensée ; et si vous m'attaquez, nous verrons ce qui en arrivera. » On voit que Mérimée transforme l'attitude du personnage ; il se battra cependant, repris par « la fierté et la fureur de sa jeunesse ». Il faut convenir que l'interférence des deux scènes est troublante ; il est impossible que Mérimée ne l'ait pas lui-même ressentie, il n'en a pas moins accepté l'ambiguïté qui en résulte.

39. *la galerie de M. le maréchal Soult* — Soult avait commandé l'armée d'Espagne et gouverné l'Andalousie ; il avait rapporté de son séjour une collection de tableaux qui était célèbre.

1. « Toute femme est amère comme le fiel; mais elle a deux bonnes heures, l'une au lit, l'autre à sa mort » (*Anthologie grecque*).

2. *Munda* — cette victoire de Jules César sur les fils de Pompée mit fin, le 17 mars 45 avant J.-C., aux guerres civiles de Rome.

3. *Marbella* — sur la Méditerranée, à l'ouest de Gibraltar.

4. *Montilla* — Ville de la province de Cordoue.

5. *un mémoire* — Allusion à un article effectivement publié en 1844 dans la *Revue archéologique;* Mérimée y abordait en passant le problème de l'emplacement de Munda.

6. *espingole* — Fusil court à canon évasé qu'on chargeait de chevrotines.

7. *Elzevir* — Edition précieuse; du nom de célèbres imprimeurs hollandais.

8. *les mauvais soldats de Gédéon* — ce juge d'Israël tria l'élite de ses soldats d'après la façon dont ils buvaient en passant un ruisseau (*Livre des Juges*, VII).

9. *venta* — auberge espagnole.

10. *José-Maria* — il est longuement question de ce brigand dans la troisième des lettres d'Espagne (Mérimée, *Romans et Nouvelles*, éd. Garnier, 1967, p. 417-430).

11. *zorzicos* — nom d'une ancienne danse basque.

12. *le Satan de Milton* — dans *Le Paradis perdu*.

13. *ducat* — ancienne monnaie d'or, qui n'était d'ailleurs pas espagnole.

14. *alcade* — juge de paix espagnol.

15. *Actéon* — ce chasseur, ayant surpris Diane au bain, fut changé en cerf et dévoré par les chiens.

16. *l'obscure clarté qui tombe des étoiles* — vers du *Cid* de Corneille, acte IV, scène III.

17. *papelitos* — cigares enveloppés de papier : cigarettes.

18. *Brantôme* — énumère les trente perfections de la femme espagnole (*Recueil des Dames*, livre second).

19. *payllo* — désigne un homme étranger à la race bohémienne.

20. *je syllogisais* — verbe tombé en désuétude : former des syllogismes, argumenter.

21. *il sera donc garrotté* — l'homme noble (hidalgo) subissait, au lieu de la pendaison, le supplice du *garrot*, collier de fer avec lequel on étranglait le condamné.

22. *petit pendement pien choli* — Molière, *Monsieur de Pourceaugnac,*, acte III, scène III.

23. *épinglette* — longue tige qui servait à déboucher la lumière du canon des anciens fusils.

24. *vendredi* — jour consacré à Vénus. Faut-il rappeler que le héros de *La Vénus d'Ille*, qui devient la victime de cette déesse, se marie un vendredi ?

25. *abreuvoirs à mouches* — plaies où les mouches peuvent boire. L'expression est ancienne et réputée vulgaire.

26. *un negro* — désignait un libéral ; *bianco* désignait un royaliste.

27. *Triana* — faubourg de Séville, séjour habituel des gitans.

28. *manzanilla* — vin blanc de la région de Séville.

29. *cuartos* — petite monnaie de cuivre.

30. *don Pedro* — Il faut rappeler que Mérimée est

occupé simultanément à *Carmen* et à l'*Histoire de don Pèdre Ier*.

31. *une veuve à jambes de bois* — la *Veuve* désigne la guillotine.

32. *un douro* — monnaie qui valait alors une quinzaine de francs.

33. *larmes de dragon* — la phrase joue sur le double sens de dragon : soldat et animal fabuleux.

34. *les affaires d'Egypte* — trafics auxquels se livrent les bohémiens pour subvenir à leurs besoins.

35. *je crus m'assurer son amour* — M. Parturier rapproche la situation de don José de celle de des Grieux, qui consent à suivre Manon en Amérique pourvu qu'elle lui appartienne. On sait que Sainte-Beuve voyait en Carmen une Manon Lescaut « d'un plus haut goût ».

36. *Dancaïre* — désigne, en espagnol, celui qui joue avec l'argent d'autrui.

37. *Remendado* — surnom espagnol : le déguenillé.

38. *les chemises* — souvenir d'une anecdote racontée dans la troisième des *Lettres d'Espagne;* on y lit l'aventure d'un jeune homme qui se rendait de Madrid à Cadix, portant dans ses bagages deux douzaines de chemises, et qui fut dépouillé par une troupe de brigands (Mérimée, *Romans*, édition Garnier, t. I, p. 421).

39. *maquila* — bâton ferré.

40. *éclats de rire de crocodile* — allusion à la fourberie de Carmen.

41. *escoffier* — du provençal *escofir :* tuer.

42. *jaque* — brave. — Dans la lettre qui annonce à Mme de Montijo l'achèvement de *Carmen*, Mérimée évoque l'histoire de ce « jaque de Malaga qui avait tué sa maîtresse » (16 mai 1845).

43. *les Calé* — les gitans.

44. *L'Espagne* — cette quatrième partie ne figurait pas dans la *Revue des Deux-Mondes;* elle fut ajoutée par Mérimée pour l'édition en volume, en 1846. Mérimée

adapte ici ce qu'il a emprunté au livre de George Borrow sur les gitans (*The Zincali*, 1841). Cet Anglais, « missionnaire ou espion », selon l'auteur de *Carmen*, « ment effroyablement », mais « dit parfois des choses vraies et excellentes » (lettre à Edouard Grasset, 21 août 1844).

45. *comme Panurge* — évocation très exacte du *Pantagruel*, où Rabelais écrit que son héros « craignait naturellement » les coups (ch. XXI).

46. *Casta quam nemo rogavit* — la femme chaste que nul n'a sollicitée; Ovide, *Amours*, I, VIII, 43.

47. *il y a quelques mois* — la Correspondance, en effet, fait allusion à une « horde de bohémiens » rencontrée lors du voyage à Metz, en 1845.

48. *dans la hutte* — M. Parturier signale une aquarelle de Mérimée représentant précisément cette scène et datée de 1845.

49. *Les Mystères de Paris* — le célèbre feuilleton d'Eugène Sue parut dans le *Journal des Débats* en 1842 et 1843. — *Chourin* y donne son nom à l'un des personnages appelé « le Chourineur ».

50. *Vidocq* — ses *Mémoires*, publiés dès 1828, avaient intéressé Mérimée. Celui-ci devait connaître le dictionnaire argotique inséré dans *Les Voleurs* (1837).

51. *Oudin dans son curieux dictionnaire* — Il s'agit des *Curiosités françaises* (1640).

52. *mes études sur le Rommani* — Observons avec Henri Martineau que cette série d'étymologies est extrêmement suspecte (Mérimée, *Romans et Nouvelles*, Bibliothèque de La Pléiade, 1951, p. 814).

ARCHIVES DE L'ŒUVRE

A PROPOS DES « AMES DU PURGATOIRE »

Il convient de rappeler quelle position adopte Méri-
mée à l'égard de ce qu'on appelle le « fantastique ».
On connaît surtout les termes d'une lettre à Mme de
La Rochejacquelein :

« Je me plais à supposer des revenants et des fées.
Je me ferais dresser les cheveux sur la tête en me racon-
tant à moi-même des histoires de revenants. Mais
malgré l'impression toute matérielle que j'éprouve cela
ne m'empêche pas de ne pas croire aux revenants, et
sur ce point, mon incrédulité est si grande que, si je
voyais un spectre, je n'y croirais pas davantage. »
(26 nov. 1856.)

Touchant la technique de la narration fantastique,
Mérimée professe des principes répandus en son temps,
et dont on pourra vérifier l'application dans *Les Ames
du Purgatoire* :

« (...) lorsqu'on raconte quelque chose de surnaturel,
on ne saurait trop multiplier les détails de réalité matérielle. C'est là le grand art de Hoffmann dans ses
contes fantastiques. » (Lettre à Edouard Delessert,
du 1er févr. 1848.)

Les jugements enregistrés par la tradition sont assez
disparates; ils attestent l'embarras des lecteurs devant

une œuvre ambiguë. Ils varient donc entre la réprobation, l'admiration et une bonne volonté de compré-
hension dont Mérimée se fût sans doute bien passé.
Témoin Augustin Filon, dans son livre tout à la dévotion de l'écrivain, mais fortement tendancieux :

« (...) son scepticisme s'est gardé d'intervenir dans la
scène de la conversion où don Juan assiste à ses propres
funérailles, non plus qu'en ce soudain et dernier jet
de passion qui lui fait commettre encore un homicide
sous le saint habit du pénitent. Il a respecté, rendu
sans sourire le dénouement, si étrangement mêlé de
terreur et de pitié » (Mérimée et ses amis, Hachette,
1894).

Dans le même sens, Désiré Laverdant estime que le
conteur,

« doué au suprême degré d'impartialité, de précision,
d'exactitude, a tout bonnement idéalisé la légende
catholique dans sa réalité même ». (Les Renaissances
de Don Juan, Hetzel.)

Confrontons enfin ces deux jugements d'un poète
et d'un chrétien : tandis qu'aux yeux de la comtesse
de Noailles, Les Ames du Purgatoire sont un « livre
puissant et noir », Henri Bremond déclare péremptoirement, en 1920 : « Depuis longtemps, Les Ames du
Purgatoire ne comptent plus. »

Pour en venir aux grands travaux de la critique
mériméiste, citons d'abord Pierre Trahard (La Jeunesse de Prosper Mérimée, Champion, 1924). Conformément à la tradition, mais avec plus de nuances, le
biographe de Mérimée estime :

« le sceptique laisse aux événements leur majesté religieuse : l'effort est méritoire (...) Mérimée ne parle

plus de la religion espagnole sur le ton léger dont il en parlait dans le *Théâtre de Clara Gazul*. Il n'en comprend peut-être pas la grandeur, mais il la respecte. La foi illumine les dernières pages de la nouvelle. » (p. 704-705.)

A propos de l'épisode de la mort du capitaine Gomare, Trahard écrit :

« Si don Garcia se moque en lui présentant un flacon de vin au lieu de son livre d'heures, c'est don Garcia et non Mérimée : le trait complète le caractère » (p. 704).

D'un autre point de vue, Trahard estime que, vers 1834, ce récit est « peut-être, à l'insu de Mérimée lui-même, l'œuvre la plus romantique qui soit » (p. 684). Il y découvre aussi « une jolie perversité française » (p. 689). Il n'y trouve aucune « intention philosophique » (p. 693). Songeant enfin à l'hallucination de don Juan devant le tableau des âmes du Purgatoire, Pierre Trahard estime que ces pages « relèvent de ce fantastique où la réalité se mêle au merveilleux » (p. 687).

Sur le même sujet et dans le même sens, Robert Baschet écrit :

« Volontairement incertaine entre la réalité et l'hallucination, l'évocation de la scène des âmes du Purgatoire compte parmi les réussites de Mérimée dans le conte fantastique » (*Du Romantisme au second Empire*, *Mérimée* (1803-1870), Nouvelles Editions latines (1958).

Henri Martineau rappelle opportunément l'intérêt de Stendhal pour le don Juan et distingue le traitement que font subir au type les récits de chacun des deux amis; il estime que Mérimée a « trouvé là une matière complaisante pour exprimer son scepticisme foncier »

(*Romans et Nouvelles*, Bibliothèque de La Pléiade, Préface, p. XIX).

Pierre Castex s'intéresse particulièrement à la technique du récit fantastique. Suivant la tradition, il constate :

« Comme dans les meilleurs contes d'Hoffmann, les détails de l'apparition s'inscrivent en traits saisissants dans le cadre d'une scène réelle » (*Le Conte fantastique en France*, José Corti, 1951, rééd. 1962).

Et il conclut, parlant de la vision de don Juan et des circonstances qui l'entourent :

« Un psychiatre retrouverait à coup sûr dans ces correspondances la loi permanente qui préside à la naissance des vertiges mentaux ; encore devrait-il échapper à l'envoûtement d'une histoire que l'impassible autorité du conteur a su rendre extraordinairement suggestive. Mais le lecteur ordinaire ne se soucie pas de gâter son plaisir en exerçant la vigilance de son esprit critique ; son imagination voyage dans un monde qui ne ressemble pas à celui de la vie familière et qui, pourtant, n'a pas les contours irréels du songe ; un monde étrange où l'on garde les deux pieds sur terre et où l'on chemine parmi des fantômes. »

A PROPOS DE « CARMEN »

Deux assertions connues de Mérimée permettent de situer l'œuvre dans la pensée et les dispositions de son auteur. Le 16 mai 1845, il écrit à la comtesse de Montijo :

« Je viens de passer huit jours enfermé à écrire (...) une histoire que vous m'avez racontée il y a quinze ans et que je crains d'avoir gâté. Il s'agissait d'un jaque de Malaga qui avait tué sa maîtresse, laquelle se consacrait exclusivement au public. Après *Arsène Guillot*, je n'ai rien trouvé de plus moral à offrir à nos belles dames. Comme j'étudie les bohémiens depuis quelque temps, j'ai fait mon héroïne bohémienne. »

Et le 21 septembre de la même année, à Ludovic Vitet :

« Vous lirez dans quelque temps une petite drôlerie de votre serviteur qui serait demeurée inédite, si l'auteur n'eût été obligé de s'acheter des pantalons. »

La critique moderne a généralement mis en relief deux aspects visibles de ce récit. D'une part, suivant les déclarations de Mérimée lui-même ou surtout les suppositions de ses biographes, elle s'est penchée sur les possibles références à la réalité. Dans une édition de 1921, Gérard d'Houville écrivait avec assurance :

« *Carmen*, c'est un vieux chagrin d'amour déguisé en jeune bohémienne, ainsi que, au seuil de son livre de théâtre, Mérimée lui-même sourit, affublé en Clara Gazul. » (*Carmen*, Champion, 1921.)

Plus méfiant, Henri Martineau écrit :

« N'omettons pas de rappeler qu'au début du présent siècle, une prétendue petite-fille de l'héroïne de Mérimée vint affirmer que Carmen avait vraiment existé et que le romancier n'avait guère fait que rapporter une histoire vraie. Il eût fallu beaucoup de crédulité pour admettre ce témoignage, et Carmen demeure la création quasi entière de Mérimée » (*Romans*, Pléiade, 1957, p. xxiv).

Maurice Parturier, dans sa savante édition des *Romans et Nouvelles* (Garnier, 1967), montre l'étendue des sources auxquelles a dû se reporter Mérimée. Il suggère de remonter « jusqu'au roman picaresque » et de tenir compte de « l'histoire de la bohémienne dans le roman espagnol » (t. II, p. 341). Il insiste surtout sur la documentation livresque puisée dans *The Zincali* de Borrow ; une foule de rapprochements sont indiqués dans les notes de cette édition. Il faut enfin, selon M. Parturier, considérer les « nombreux récits de voyages en Espagne » parus à l'époque. Cependant, il conclut judicieusement :

« il est bien difficile de faire la part entre ce qu'il a lu et ce qu'il a vu et entendu » (p. 342).

Faisant trêve à ces recherches biographiques ou livresques, Pierre Trahard observe pour sa part :

« Mérimée n'attache pas d'importance à son histoire ; les formes grammaticales du *rommani* l'intéressent davantage. Mais cette désinvolture avec laquelle il abandonne son récit dans les trois dernières pages et cette affectation de n'être pas ému, c'est sa marque, sa signature, c'est encore lui. » (*Prosper Mérimée de 1834 à 1853*, Champion, 1928, p. 217.)

TABLE DES MATIÈRES

TITRES RÉCEMMENT PARUS

GF GRAND-FORMAT

Vous trouverez chez votre libraire le catalogue complet de notre collection

GF — TEXTE INTÉGRAL — GF

2897-X-1986. — Imp. Bussière, St-Amand (Cher).
Nº d'édition 11092. — 4ᵉ trimestre 1983. — Printed in France.